COMMISSION D'INSTRUCTION PUBLIQUE.

# TABLEAU SOMMAIRE

## DU COURS

# D'HISTOIRE GÉNERALE.

PARIS,

CHEZ L. COLAS, IMPRIMEUR-LIBRAIRE,

RUE DAUPHINE, N°. 32.

1820.

Ce tableau historique a été rédigé par MM. DESMICHELS et Auguste TROGNON, professeurs d'histoire aux collèges royaux de Henri IV et Louis-le-Grand.

# AVERTISSEMENT.

Le cours d'histoire générale embrassant une bien plus grande étendue et une complication plus variée de faits qu'aucun des trois autres, et les matériaux pour l'enseignement de ce cours étant d'ailleurs beaucoup plus dispersés et difficiles à se procurer, les auteurs de ce sommaire historique ont cru devoir excéder les limites d'un simple programme, et ne point même donner à leur ouvrage ce dernier titre, qui n'y semblait pas suffisamment approprié.

IMPRIMERIE DE L'AIN.

# TABLEAU SOMMAIRE

## DU COURS

# D'HISTOIRE GÉNÉRALE.

*( Les dates principales sont placées entre deux crochets ).*

## PREMIÈRE ÉPOQUE.

Depuis la mort de Théodose et la grande invasion des Barbares, jusqu'à Charlemagne.
395 — 768.

### CHAPITRE PREMIER.

#### ÉTABLISSEMENT DES BARBARES.

Idée générale de la décadence de l'empire romain. État de l'empire après la mort de Théodose-le-Grand. Géographie du Nord ; mœurs des Germains et des peuples nomades de l'Asie. Invasions des Barbares , antérieures au 5e. siècle. Division de ces peuples en trois grandes familles : les Germains , les Sarmates et les Scythes. Grande invasion.

### § I. — *Vandales , Suèves , Alains et Bourguignons.*

Irruption de Radagaise en Italie. Bataille de Florence [406]. Les Vandales, Suèves , etc. , passent le Rhin. Établissement des Bourguignons dans la Gaule [407-413]. Les autres tribus passent les Pyrénées [409]. Royaume des Suèves , en Espagne. Vandales en Afrique , sous Genséric [429]. Royaume de Carthage, 439. Puissance de Genséric. Il est appelé en Italie. État de Rome depuis la mort d'Honorius. Genséric la livre au pillage, 455. Décadence du royaume des Vandales. ( *Voyez au règne de Justinien , chap. IV.* )

### § II. — *Goths. Wisigoths.*

Les Goths sont chassés de la Sarmatie par les Huns [375] ; passent le Danube. Révolte des Wisigoths. Bataille d'Andrinople , 378. Alaric et les Wisigoths ravagent l'empire d'Orient, 395-398 ; passent en Italie , 401. Bataille de Pollentia . 403. Prise de Rome par Alaric [410]. Athaulf dans les Gaules [412] ; en Espagne [ 414 ]. Monarchie des Wisigoths : Wallia et ses successeurs.

## § III. — *Huns.*

Origine de ce peuple. Ses guerres avec les Chinois. Balamir passe le Tanaïs, 375. Attila, 433. Il ravage la Perse et l'empire d'Orient. Ambassade de Maximin et de Priscus. Attila dans les Gaules. Siége d'Orléans. Bataille de Châlons ou de Méry-sur-Seine [451]. Attila passe en Italie [452]. Saint-Léon. Mort d'Attila, 453. Démembrement de son vaste empire.

## § IV. — *Hérules, Rugiens, etc.*

État de l'Italie et de la cour impériale, depuis la prise de Rome par Genséric, 455-476. Prétentions et révolte des barbares mercenaires. Défaite et mort d'Oreste. Prise de Rome par Odoacre. Fin de l'empire d'Occident [476]. Odoacre, roi d'Italie. Sage administration de ce prince. Arrivée de Théodoric en Italie, 489. ( *Voyez* § *VIII.* )

# CHAPITRE II.

*Suite du chapitre précédent.*

## § V. — *Francs.* ( *Allemands, Thuringiens, Bavarois.* )

Clodion s'établit en-deçà du Rhin [427]. Aétius. Mérovée et Childéric, 448-481. Égidius. Clovis, fondateur de la monarchie française [481]. Bataille de Soissons, 486. Victoire de Tolbiac. Alemanni [496]. Guerres contre Gondebaud, 500; et contre Alaric II. Bataille de Vouillé [507]. Étendue de la monarchie à la mort de Clovis, 511. Conquête du royaume des Thuringes, 531, et des Bourguignons par ses enfans, 534. Coup d'œil sur l'histoire de la race Mérovingienne.

## § VI. — *Anglo-Saxons.*

État de la Bretagne. Invasions des Pictes et des Écossais. Vortigern appelle les Saxons à son secours, 448. Hengist et Horsa. Cruautés des Saxons. Bretons dans le pays de Galles et dans l'Armorique. Arthur. Royaume de Kent, 460. Heptarchie.

## § VII. — *Goths, Ostrogoths.*

Ostrogoths dans la Thrace. Révolte de Théodoric, 487. Il marche sur Constantinople; passe en Italie, 489. Bataille de Vérone. Théodoric détrône et fait mourir Odoacre [493]. Sage politique de Théodoric. État florissant de l'Ita-

lie. Amalasonthe et Athalaric, 526. Ingratitude et lâcheté de Théodat. Bélisaire attaque le royaume des Ostrogoths, 536. Prise de Naples, de Rome, et
de Ravennes, 536-540. Rappel de Bélisaire; succès de Totila, 541-552. Narsès
détruit l'empire des Ostrogoths [553]. Bataille de Cœsilius, 554.

### § VIII. — *Lombards.* ( *Gépides et Avares* , *Huns et Bulgares.*)

États des barbares établis sur le Bas-Danube. Lombards en Pannonie. Ils
s'allient avec les Avares, et s'emparent du royaume des Gépides, 566. Alboin
fait la conquête de l'Italie [568-573]. Exarchat de Ravennes. Cleph. Aristocratie de trente ducs, 575-584. Rotharis. Lois de Rotharis. État de l'Italie du
temps des Lombards. Origine de Venise.

### § IX. — *Esclavons.*

Trois branches principales de cette nation, les Venèdes, les Slaves et les An-
tes. Bohèmes, Sorabes Wilses et Obotrites sur l'Elbe au 6ᵉ. siècle. Venèdes,
Dalmates, Serviens, Croates, etc., sur le Danube. Ils désolent la Thrace et la
Grèce par leurs incursions.

### § X.

Des changemens que l'invasion des barbares apporta dans l'administration des
provinces romaines. Idée des lois barbares en général. Influence du nouvel état
de choses sur le sort des peuples. Décadence rapide des arts libéraux et indus-
triels, du commerce et de l'agriculture. Dépopulation, anéantissement de la civilisation romaine en Occident.

## CHAPITRE III.

### DES EMPEREURS D'ORIENT.

Depuis la chute de l'empire d'Occident jusqu'aux Arabes.
476—630.

Coup d'œil sur l'empire oriental depuis Arcadius jusqu'à Zénon, 408-474.
Zénon détrôné par Basilicus et rétabli. Odoacre et Théodoric en Italie. ( *Voyez
ci-dessus.*) Anastase empereur, 491. Révolte des Isauriens. Réforme dans l'administration. Querelles religieuses. Guerre contre Cabadès, continuée sous Justin-
le-Thrace, et sous Justinien. Règne de ce prince, 527-565. Exploits de Bélisaire
en Orient. Paix avec Cabadès. Bélisaire s'embarque pour l'Afrique [533]. État

du royaume des Vandales. Prise de Carthage. Bataille de Tricaméron ; captivité de Gélimer. Pompe triomphale de Bélisaire [534]. Guerre contre les Ostrogoths, 535. (*Voyez ci-dessus.*) Conquête de la Syrie par Chosroës I<sup>er</sup>. Noushirwan, 540. Bélisaire est envoyé contre lui et bientôt rappelé. Guerre lazique ; siége de Petra, 542-556. Les Avares chassés par les Turcs, attaquent les Bulgares du Danube. Incursion de Zabergan, 559. Dernière victoire de Bélisaire ; sa disgrâce ; fables à ce sujet. Mort de Justinien [565]. Sa vie privée. Faction des Bleus et des Verts. Travaux législatifs de Justinien : 1°. Code ; 2°. Pandectes ou Digeste ; 3°. Institutes ; 4°. Novelles. Esprit des lois impériales. Justin II succède à son oncle, 565. Célèbre ambassade des Turcs, 569. Commerce avec la Chine. Chosroës I<sup>er</sup>. subjugue l'Iémen, 570. Justin résigne l'empire à Tibère II. Vertus de ce prince. Bataille de Constantine, 580. Maurice empereur, 582. Révolte de Varanes en Perse. Rétablissement de Chosroës II. Défaite du Chagan des Avares. Révolte de l'armée : elle proclame Phocas, 602. Héraclius détrône ce tyran, 610. Conquête et ravages de Chosroës II. Prise de Chalcédoine. Succès d'Héraclius au delà du mont Taurus, 622-625. Siége de Constantinople par les Avares et les Perses, 626. Héraclius fait alliance avec les Turcs ; ses conquêtes dans la Mésopotamie. Chosroës, vaincu et déposé, est assassiné par son fils Siroës, 628. Paix avec les Perses. Invasion de la Syrie par les Arabes, 630.

# CHAPITRE IV.

## DE MAHOMET ET DES ARABES.

Description de l'Arabie, climat, nature du sol et productions dans les trois règnes. Mœurs des Arabes, courage et sobriété. Vie errante des Bédouins. Vengeances héréditaires, hospitalité, goût pour la poésie. — Trois religions en Arabie, avant Mahomet : l'idolâtrie mélée de sabisme, le judaïsme et le christianisme. — Gouvernement : autorité des Cheicks ou Emirs ; républiques de la Mecque et de Médine.

Naissance de Mahomet, fils d'Abdallah, 569. Ses premières années ; il prêche sa religion à la Mecque, ses premiers disciples. Les Koreishites le persécutent. Hégire [622]. Mahomet trouve un asile à Médine. Combat de Béder, d'Ohud et du Fossé, 623-625. Prise de Chaibar, massacre des Juifs. Conquête de la Mecque et de l'Arabie, 629. Bataille de Muta, 630. Mort de Mahomet, 632. Idée du Coran. Dogmes de l'islamisme : unité de dieu, prédestination, résurrection des corps, récompenses et châtimens, etc. Pratiques religieuses : circoncision, prières, aumônes, ablutions, jeûnes et abstinence. Le Coran, à la fois loi religieuse et code civil des musulmans. Premiers Khalifes : Abu-Beker [632 ]. Omar [634]. Othman, 644. Ali et Moaviah [655]. Moaviah seul [660]. Origine du schisme Musulman.

## CHAPITRE V.

### CONQUÊTES DES ARABES.

#### § I. *Invasion de la Perse.*

Caled subjugue les princes de Mandar [632]. Zaïd bat les Perses, à Cadésie, et s'empare de Ctésiphon, 636 et 637. Fondation de Bassora et de Cufa. Victoires des victoires. Iezdegerd appelle le secours des Turcs, qui l'abandonnent. Fin de l'empire des Sassanides. Prise de Balkh, 167. Conquête de Samarcande et de la Bucharie, sous Valid, [712].

#### § II. — *Invasion de la Syrie.*

Prise de Bosra par Caled, 633. Bataille d'Aisnadin. Prise de Damas. Bataille de l'Yermuk, 636. Prise de Jérusalem, Césarée, Antioche, Sidon, etc. [637 et 638]. Marine des Arabes.

#### § III. — *Conquête de l'Égypte.*

Amrou, général d'Omar entre en Égypte, 638. Prise de Babylone-Memphis et d'Alexandrie [640]. Bibliothéque des Ptolémées. Soumission de toute l'Égypte. Importance de cette province.

#### § IV. — *Invasion de l'Afrique.*

Abdallah, lieutenant d'Othman, attaque Tripoli, 647. Courage de l'exarque Grégoire et de sa fille. Victoire des Arabes. Akbah pénètre jusqu'à l'océan Atlantique, 666. Fonde Cairoan. Révolte des Maures. Nouvelle invasion par Hassan. Prise de Carthage, 692-698. Arrivée de Musa. Conquête définitive [698-710.]

#### § V. — *Conquête de l'Espagne.*

État du royaume des Wisigoths. Trahison du comte Julien, gouverneur de la Tingitane. Tarik passe en Espagne. Bataille de Xerès [711]. Fin de l'empire des Wisigoths. Pelage dans les Asturies. Musa achève la conquête de l'Es-

⁓⁓⁓⁓⁓⁓⁓⁓⁓⁓⁓⁓⁓⁓⁓⁓⁓⁓⁓

## CHAPITRE VI.

### DE LA FRANCE.

Puissance des maires du palais ; invasion des musulmans ; avénement des Carlovingiens.

# SECONDE ÉPOQUE.

Depuis Charlemagne, jusqu'à Grégoire VII, et aux croisades,
768 — 1095.

## CHAPITRE VII.

### CHARLEMAGNE CONQUÉRANT.

Partage de la monarchie entre Charles et Carloman, 768. Mort de Carloman, 771. Réunion de l'Austrasie et de la Neustrie. Expéditions militaires de Charlemagne. — Guerre contre Hunold, roi d'Aquitaine, 771. Charlemagne passe en Italie, défait Didier et met fin au royaume des Lombards [774]; il reçoit d'Adrien I la dignité de patrice, et se fait couronner roi d'Italie. Tentatives d'Adalgise et de Rodgaud, duc de Frioul, 775. — Guerre contre les Saxons [772-803].Première et seconde campagnes. Soumission des Saxons à la diète de Paderborn, 777. Insurrection, succès et défaite de Witikind. Conversion des Saxons. Dispersion des Nordalbingiens. Fondation des principaux évêchés d'Allemagne. Lois sévères; origine douteuse de la cour Véimique. — Guerre d'Espagne. Prise de Barcelone, de Pampelune et de Sarragosse, 777. Marche d'Espagne. Défaite de Roncevaux. Mort du paladin Rolland. Supplice du duc des Gascons.— Second voyage de Charlemagne à Rome, 780. Expéditions contre Arégise, et contre Grimoald, ducs de Bénévent. — Le prince Charles soumet les Wilses, — Trahison de Tassillon, duc des Bavarois. Son jugement par la diète d'Ingelheim, 788. Invasion des Avares, 789. Ils sont repoussés. Pépin, roi d'Italie, et Henri, duc de Frioul, mettent fin à leur empire, 797. Paix de Seltz, ou Saltza 803. Guerre contre les Bohèmes et les Danois, 804-810. Expéditions maritimes. Conquête de la Corse et des îles Baléares.

## CHAPITRE VIII.

### CHARLEMAGNE, EMPEREUR ET LÉGISLATEUR.

Charlemagne se rend à Rome. Motifs et prétexte de son voyage. Jugement de Léon III. Charles est couronné empereur [800]. Nouvelles donations en faveur du Saint-Siége. Traité avec l'empereur Nicéphore, 804. Relations politiques de Charlemagne avec les princes étrangers. Testament de l'empereur.

Partage de ses états. Mort de Charles et de Pepin, 812. Couronnement de Louis. Mort de Charlemagne [814.] Sa vie privée; ses femmes et ses enfans. Conspiration contre ses jours.

Étendue de l'empire Français. Division territoriale. Assemblées nationales et provinciales. Capitulaires. *Missi dominici.* Administration de la justice, service militaire.

État des lettres et de l'instruction publique. Charles les encourage par ses bienfaits et par son exemple. Cour littéraire de l'empereur : Alcuin, Éginhard, Angilbert, Théodulfe, Paul Warnefrid, etc. Langue vulgaire.

Travaux publics, canaux, commerce, lois somptuaires, valeur des monnaies.

État de l'église de France. Conciles de Francfort et d'Aix-la-Chapelle, 794-810. Hérésies des Iconoclastes et de Félix d'Urgel. Livres carolins. Origine de la dime ecclésiastique.

## CHAPITRE IX.

### DES EMPEREURS CARLOVINGIENS.

Avénement de Louis-le-Débonnaire, 814. Partage de l'empire entre ses trois fils. Prétentions de Bernard, roi d'Italie; condamnation de ce prince, 820. Pénitence publique de l'empereur, 822. Charles, fils de Judith, doté au préjudice de ses frères; révolte des trois princes, 830. L'empereur est deux fois déposé et deux fois rétabli. Nouveau partage de l'empire, 836. Mort de Pepin, révolte de l'Aquitaine; mort de Louis-le-Débonnaire [840]. Réflexions sur son règne. Lothaire Ier, empereur; bataille de Fontenay, 841. Traité de Verdun [843]. Origine des royaumes d'Allemagne et d'Italie. Sage administration de Louis, roi d'Italie; descentes des Sarrasins; défense de Rome par Léon IV [846-7]. Lothaire partage ses états entre ses trois fils, 854. Louis II, empereur; ses succès contre les Sarrasins et les Lombards Bénéventins, 846-873. Mort de Charles, roi de Provence, 863. Divorce scandaleux de Lothaire, roi de Lorraine. Charles-le-Chauve, empereur, 875. Mort de Louis-le-Germanique, 876. Partage de ses états entre Carloman, Louis et Charles-le-Gros. Carloman s'empare de l'Italie après la mort de Charles-le-Chauve, 877. Vacance du trône impérial; origine du royaume de Bourgogne cisjurane; Bozon [879]. Charles-le-Gros, empereur, 881; il dépouille Guy et Bérenger de leurs duchés, 883. Il est déposé par la diète de Tribur [888]. Gui, empereur; Arnould, roi de Germanie. Royaume de Bourgogne transjurane, 888. Rodolphe Ier. Lambert empereur, 893. Élection d'Arnould, 896. La couronne impériale devient élective. Guerre contre les Moraves et les Bohémiens. Arnould appelle les Hongrois ; origine de ce peuple. Arnould meurt en Italie, 899. Louis IV , roi de Germanie , 899. Invasion des Hongrois [900-910]. Mort de Louis-l'Enfant [911]. Bérenger I<sup>er</sup>., empereur, 916-924. Anarchie en Italie jusqu'à Othon-le-Grand.

## CHAPITRE X.

### DE L'EMPIRE, ET DE L'ITALIE

#### Depuis la mort de Louis-l'Enfant.

État de l'Allemagne. Conrad I<sup>er</sup>., roi de Germanie[911]. Henri I<sup>er</sup>., l'Oiseleur, tige de la maison de Saxe [919]. Les Hongrois sont repoussés. Établissement des villes municipales. Othon-le-Grand [936]. Révolte d'Éberard et de Henri-le-Querelleur , 936-940. Première expédition en Italie , 451. État de ce pays depuis Charles-le-Gros. Marozie. Bérenger II. Othon épouse Adélaïde, veuve de Lothaire II. Révolte de Ludolf , 953. Seconde expédition en Italie; Othon , empereur [962]. Guerre contre Nicéphore Phocas , 969. Mort d'Othon I<sup>er</sup>., 973. Othon II , lui succède. Guerre avec la France au sujet de la Lorraine , 978-980. Expédition en Italie. Troubles en Allemagne pendant la minorité d'Othon III, 983 et suiv. Expéditions en Italie , 996. Crescentius Tribun à Rome. Perfidie de l'empereur, 999. Othon à Gnesne; il donne le titre de roi à Boleslas I<sup>er</sup>. Origine du royaume de Pologne [1000]. Règne de Henri II, 1002-1024. Expédition en Italie contre Ardouin. Henri donne sa sœur à Waïc ou Étienne , roi de Hongrie , qui embrasse le christianisme [1009]. Droits des empereurs et des états sous la maison de Saxe. Puissance du clergé favorisée par les trois Othons.

Empereurs de la maison de Franconie. Conrad II , le Salique [1024]. Révolte des grands vassaux. Diète de Roncaglia ; hérédité des fiefs. Démembrement du royaume d'Arles [1033]. Henri III donne la Lorraine à Gérard d'Alsace ; 1047. Concile de Florence. Villes royales et préfectoriales.

### DE L'ITALIE.

État de l'Italie méridionale pendant les 9<sup>e</sup>., 10<sup>e</sup>. et 11<sup>e</sup>. siècles. Thème de Lombardie. Républiques Campaniennes; Sarrasins. Principautés de Bénevent et de Salerne. Première arrivée des Normands [1016]. Expédition de Guillaume, Drogon et Humfroi, 1037. Arrivée de Robert Guiscard , 1048, Ses exploits. Il fait hom-

2

mage de ses états à Nicolas II [1059]. Prise de Salerne et de Bénevent , 1077-1080. Robert attaque l'empire d'Orient, repasse en Italie et va mourir à Céphalonie, 1085. Le comte Roger fait la conquête de la Sicile , 1060 et suiv. Droit de Légation. Roger II, roi de Sicile et de Naples, 1135. Conquêtes des Normands en Afrique.

RÉPUBLIQUES MARITIMES. Origine et gouvernement de Venise. Ses conquêtes au 10e. siècle. Pise indépendante au 10e. siècle , enlève la Sardaigne aux Sarrasins. Gênes saccagée par les Sarrasins , 936. Elle s'empare de la Corse dans le 11e. siècle. Commerce de ces villes ; idée de leur constitution.

## CHAPITRE XI.

### DE LA FRANCE ET DE L'ESPAGNE.

§ I. — *Décadence de la maison carlovingienne en France. Avénement des Capetiens.*

Causes de la décadence de la 2e. race. Prétentions exagérées des évêques. Commencement de la grande féodalité sous Charles-le-Chauve. Hérédité des fiefs , des dignités et des titres. Robert-le-Fort, duc de France; puissance de sa maison. Démembrement du domaine royal sous Louis-le-Bègue , 877. Première expédition des Normands ; mœurs et religion des peuples scandinaves ; ils remontent la Seine et la Loire , 843. Regnier brûle Paris, 846. Nouveau siége de Paris sous Charles-le-Gros , 885. Eudes et Goslin. Eudes usurpe la couronne, 888. Règne de Charles-le-Simple, 895-923. Établissement des Normands en Neustrie [912]. Rollon. Anarchie féodale ; idée générale de la féodalité ; fiefs et alleux ; devoirs réciproques des seigneurs et des vassaux ; justices seigneuriales ; origine du droit coutumier ; principaux effets du régime féodal ; pouvoir excessif des grands ; guerres privées. — Usurpation de Raoul , 932. Ses guerres avec les grands vassaux. Puissance de Hugues-le-Grand sous Louis-d'Outremer et Lothaire , 936-956. Hugues-Capet lui succède dans le duché de France; il s'empare de la couronne à la mort de Louis V [987]. Le duché de France est réuni au domaine royal. Première cause de décadence du régime féodal. Politique de Hugues avec les barons et le clergé. Origine de la pairie. Règne de Robert , 996-1031. Son excommunication. Henri 1er. , 1031-1060. Révolte des vassaux ; trève de Dieu ; la puissance féodale commence à décliner.

§ II. — *Des Musulmans et de l'Espagne.*

État de l'Espagne sous les califes de Cordoue. Alphonse-le-Chaste , roi de

Léon, 791. Origine du royaume de Navarre, 831. Asnar ou Inigo. Comtés de Barcelone , d'Aragon et de Castille. Règne glorieux d'Alfonse-le-Grand [866-910]. Conquêtes sur les Maures pendant les 9ᵉ. et 10ᵉ. siècles. Grandeur de la Navarre sous Sanche III, le Grand , 1000-1035. Partage entre ses fils : Garcie, roi de Navarre, Ferdinand Iᵉʳ., de Castille, et Ramire, d'Aragon. Ferdinand soumet le royaume de Léon; exploits du Cid sous Ferdinand et ses successeurs Sanche II et Alfonse VI. Chevalerie. Démembrement du califat de Cordoue [1030].

## CHAPITRE XII.

Révolutions diverses , opérées en Europe, en Asie et en Afrique.

### § I. — De l'Angleterre, depuis Egbert jusqu'à Guillaume-le-Conquérant.

Fin de l'heptarchie saxonne , 827. Descentes des Normands. Ethelwolf établit le denier de Saint-Pierre. Alfred-le-Grand [ 871-900 ]. Ses malheurs , ses victoires et ses établissemens. Guerres contre les Northumbres et les Écossais. Influence des Moines ; Dunstan. Conquête de l'île par Suenon et Canut [1014-1037]. Expédition de Guillaume le Normand ; bataille d'Hastings [1066]. Politique de Guillaume; il introduit la loi féodale ; révoltes en Angleterre et en Normandie.

### § II. — États du Nord.

Origine des peuples scandinaves. Conquêtes et religion d'Odin. Temps fabuleux. Courses des Normands dans le 9ᵉ. siècle ; ils découvrent le nouveau monde. Établissement du christianisme pendant le 10ᵉ. siècle. Canut, roi de Danemarck, subjugue la Norwège et l'Angleterre, 1028. Magnus soumet le Danemarck.

### § III. — De la Russie.

Origine des Russes. République de Novogorod. Arrivée de Rurik-le-Normand [862]. Conquêtes des Warégues. Grand-duché de Kiew. Expéditions contre Constantinople sous Rurik, 865; sous Soleg, 904 ; et sous Igor , 941. Règne et conquêtes de Svatoslaw ; ses revers ; 972. Olga embrasse le christianisme, 955. Baptême de Wladimir [988]. Les Russes embrassent le rit grec; démembrement du duché de Kiew; Jaroslaw , premier législateur des Russes [1016].

### § IV. — Des Barbares établis sur la mer Noire et sur le Danube.

Patzinaces et Chazares. Royaume des Bulgares ; leurs incursions. Défaite et mort de Nicéphore, 811. Crume assiége Constantinople, 813. Bogoris embrasse le christianisme, 861. Règne glorieux de Siméon, 888-918. Il assiége Constantinople 912. Les Bulgares ne cessent de ravager l'empire, 918-990. Basile II détruit le royaume des Bulgares, 1025. — Tribus slavones entre le Danube et la mer Adriatique.

### § V. — De l'empire grec, et de l'Asie.

Tableau de la cour de Bysance pendant les 9e., 10e. et 11e. siècles. Assassinats et usurpations. Disputes théologiques ; rivalité des papes avec les patriarches de Constantinople. Photius. Schisme de l'église grecque [880]. Démembrement de l'empire en Occident et en Orient.

Coup d'œil sur l'empire des califes. Dynasties d'Afrique; règne des Edrissites, 788-908. Aglabites, 800-907. Ils s'emparent de la Sicile, 827. Tulunides en Égypte, 868-969. Les Fatimites succèdent aux Aglabites, 907. Mohamed Mahadi, tige de cette dynastie, s'empare du royaume des Edrissites, 908. Moëz prend le titre de calife, 945. Conquête de l'Égypte par les Fatimites, 969. Décadence du califat de Bagdad. Ibn Rayek, premier Emir-al-Omra, 935. Buides en Perse, 947. Tahérides et Samanides dans le Khorasan, 862-1038. Ils sont remplacés par les Turcs seljoucides ; origine de ce peuple. Togrulbeg sultan de Nisabur [1038]. Il défait les Gasnévides et s'empare de la Perse. Alp-Arslan subjugue la Syrie et l'Asie-Mineure, 1074-1085. Division de l'empire seljoucide à la mort de Malec-Shah [1092]. Royaume d'Irak, de Kerman de Syrie, et de Roum.

# TROISIÈME ÉPOQUE.

Depuis Grégoire VII, jusqu'à la fin du treizième siècle.

## CHAPITRE XIII.

Querelles des papes et des empereurs, jusqu'à l'avénement de la maison de Souabe, et l'établissement de la république romaine.

État moral et politique de l'Europe. Droits temporels du saint siége avant Grégoire VII. Nicolas Ier., précurseur de ce pontife, 844-867. Influence du cardinal Hildebrand ; son exaltation [1073]. Querelle des investitures. Grégoire VII cite à son tribunal l'empereur Henri IV, vainqueur des Saxons révoltés, 1075. Henri fait déposer Grégoire qui le dépose à son tour ; révolte en Allemagne ; Henri IV à Canosse, 1077. Les vassaux de Lombardie se soulèvent en faveur de l'empereur contre le pape ; Henri vainqueur de son rival Rodolphe marche contre Rome, 1082. Robert Guiscard délivre Grégoire, qui va mourir à Salerne, 1085. Politique de ce pape. Investiture de l'anneau et de la crosse. Célibat des prêtres ; serment des évêques ; appels en cour de Rome. Empire du pape sur le clergé ; empire sur les rois. Projet d'une théocratie universelle. *Dictatus.* Les successeurs de Grégoire VII marchent sur ses traces. Pontificat d'Urbain II, 1088. Il excite contre Henri IV son fils Conrad. Pascal II fait soulever le prince Henri qui détrône son père, 1106. Henri V défend les investitures. Expédition en Italie, 1110. Mort de la comtesse Mathilde ; donation de ses états, nouvelle source de guerres. Calixte II délie les Allemands du serment de fidélité à l'empereur. Concordat de 1122. Schisme dans l'empire, 1125, et dans l'église, 1128. Lothaire II et Conrad, Innocent II et Anaclet II. Innocent est reconnu en France et en Angleterre par l'influence de saint Bernard ; Lothaire II le défend contre les Normands alliés d'Anaclet II ; prétentions d'Innocent II ; paix de Lothaire avec Conrad, 1135. Décadence de la puissance impériale sous la maison de Franconie.

## CHAPITRE XIV.

### DE L'ORIENT ET DES CROISADES.

État de l'Asie. Les Turcs Seljoucides persécutent les chrétiens et les pèlerins. Prédications de Pierre l'ermite. Conciles de Plaisance et de Clermont [1094-1095]. Enthousiasme des peuples pour la guerre sacrée ; motifs des chefs et des soldats ; départ des croisés en plusieurs corps d'armée ; principaux chefs de l'expédition. État de l'empire d'Orient. Conduite des Francs à Constantinople. Conquête de Nicée, etc. Godefroy s'empare de Jérusalem [1099.] Il en est élu roi. Principautés d'Antioche, d'Edesse, etc. Régime féodal en Asie. Assises de Jérusalem. Ordres religieux et militaires ; Hospitaliers [1100-1113]. Templiers [1119]. Ordre teutonique [1190]. Règne des Atabeks. Prise d'Edesse par les Turcs. Conquêtes de Zenghi et de Nourreddin. Saint Bernard prêche une nouvelle croisade et refuse le commandement. Suger s'y oppose en vain. Louis-le-Jeune, et Conrad III prennent la croix [1147]. Succès malheureux de la seconde croisade. Progrès des Turcs. Conquêtes de Saladin. Fin de la dynastie fatimite en Égypte, 1171. Défaite de Lusignan à la bataille de Tibériade. Prise de Jérusalem [1187]. Troisième croisade [1189]. Philippe-Auguste, Richard-Cœur-de-Lion et Frédéric-Barberousse. Dime saladine. Mort de Frédéric. Siége de Ptolémaïs. Retour de Philippe. Bataille d'Ascalon, 1192. Exploits et départ de Richard; sa captivité. Mort de Saladin, 1193. Son caractère. Règne des Ayoubites. Innocent III fait prêcher la 4ᵉ. croisade [1202]. Baudouin, Boniface et Dandolo. Prise de Zara, 1203. Les croisés sont appelés à Constantinople. État de l'empire grec sous les deux dynasties des Comnènes et des Anges. Prise de Constantinople, 1204. Partage de l'empire d'Orient. Empereurs français, 1204-1261. Empires de Trébisonde et de Nicée. Michel Paléologue met fin à l'empire français oriental, 1261. Agrandissement de la puissance vénitienne. Expédition d'André, roi de Hongrie, 1217. Cinquième croisade [1228]. Frédéric II obtient Jérusalem par un traité, et revient en Europe. Les Carizmiens, chassés par les Mongols, envahissent la Syrie, et s'emparent de Jérusalem, 1243. Croisade d'enfans. Sixième et septième croisades, [1248-1270]. Saint Louis en Égypte; sa captivité 1250. Origine et puissance des Mameluks; ils subjuguent l'empire des Ayoubites. Exploits inutiles de saint Louis en Palestine. Il revient en France, 1256. Expédition en Afrique, [1270]. Mort de Louis IX. Résultats généraux des croisades. Progrès de la civilisation, de la navigation et du commerce.

## CHAPITRE XV.

### DE L'EMPIRE ET DE L'ITALIE.

#### Depuis l'avénement de la maison de Souabe, jusqu'à la mort d'Innocent III.

Origine de la maison de Souabe ou de Hohenstaufen. Élection de Conrad, duc de Franconie, 1138. Prétentions de Henri-le-Superbe; il est mis au ban de l'empire. Révolte de Henri-le-Lion. Origine des Guelfes et des Gibelins. Croisade. Frédéric-Barberousse succède à son oncle Conrad [1152]. Henri-le-Lion recouvre la Bavière, 1154-1156. Expéditions en Italie.

État de l'Italie septentrionale depuis les premières années du XIᵉ. siècle. Indépendance des villes lombardes. Rivalité de Milan et de Pavie; ambition et conquêtes des Milanais. Sac de Lodi, 1111, et siége de Côme, 1118-1128. Les Milanais se déclarent pour Conrad contre Lothaire II. Frédéric Iᵉʳ. est appelé en Italie; il s'empare de Tortone, 1155; et marche vers Rome. État de la république romaine depuis la mort d'Innocent II en 1143. Supplice d'Arnaud de Brescia [1154]. Couronnement de Frédéric Iᵉᵗ. Soumission de la maison de Zœringen et des vassaux de Bourgogne. Seconde et troisième expéditions. Diète de Roncaglia, 1158. Décision des jurisconsultes de Bologne, Sac de Creme et de Milan, 1158-1162. Oppression de la Lombardie. Schisme dans l'église, depuis 1159.

Les états de l'empire refusent de reconnaître Alexandre III. Première ligue lombarde, 1164. Fondation d'Alexandrie, 1168. Expédition de l'archevêque Christian, 1171. Siége d'Ancône, 1174. Défection de Henri-le-Lion, 1175. Bataille de Lignano [1176]. Trêve de Venise [1177]. Confiscation de la Bavière et de la Saxe, 1180. Paix de Constance [1183]. Henri, roi des Romains depuis 1169, épouse Constance, héritière de Naples, 1186. Derniers rois Normands. Usurpation de Tancrède et de son fils, 1189-1194. Mort de l'empereur Frédéric I<sup>er</sup>., 1190. Henri VI lui succède ; il essaie de rendre la couronne impériale héréditaire. — Élection de l'empereur Philippe et du pape Innocent III [1197-1198]. Audace et habileté de ce pontife ; il se met à la tête du parti guelfe et fait élire Othon IV. Ses prétentions sur les allodiaux de la comtesse Mathilde. Othon IV succède à Philippe, 1208. Il est couronné par le pape ; à quelles conditions ; décisions contraires des *Légistes* et des *Décrétistes*. Innocent III reconnaît pour empereur Frédéric, roi de Naples, 1211. Othon s'empare de la Pouille. Le pape l'excommunie. Effets des intrigues d'Innocent en Allemagne. Frédéric II y est reconnu empereur, 1212. Progrès des états sous le règne d'Othon IV.

~~~~~~~~~~~~~~~~~~~~~~~~~~~~~~~~~~~~~~~~~~~~~~~~~~

## CHAPITRE XVI.

### RÈGNE DE FRÉDÉRIC II,

Et de ses successeurs jusqu'à Rodolphe de Habsbourg. — Avénement de la maison d'Anjou au trône de Naples.

#### § I. *Diète d'Aix-la-Chapelle*, 1215.

Diète d'Aix-la-Chapelle, 1215. Serment extraordinaire de la noblesse. Le pape Honorius III couronne Frédéric [1220]. Le royaume des Deux Siciles est séparé du domaine de l'empire. Grégoire IX excommunie l'empereur et le force de passer en Palestine [1228]. Révolte du prince Henri VII, roi des Romains. État de l'Italie. Renouvellement de la ligue lombarde, depuis l'an 1194. Ses guerres contre les Gibelins. Expédition de Frédéric II ; Puissance de la famille de Romano à Trévise et à Vérone. Prise de Padoue par Eccelino ; cruautés de ce tyran. Défaite des Milanais à Corte Nua, 1238. Grégoire IX ne garde plus de mesure envers Frédéric. Venise et Gênes accèdent à la ligue lombarde. Déposition de l'empereur au concile de Lyon [1246]. Henri Raspon, anti-empereur. Démembrement du landgraviat de Thuringe, 1247. Trois princes refusent la couronne impériale. Succès et revers de Frédéric en Italie ; mort et caractère de ce prince [1250]. Commencement du grand interrègne. Conrad IV, Guillaume de Hollande, Richard et Alphonse-le-Sage, empereurs de nom seulement. Confédération du Rhin sous Guillaume, 1254. Origine des sept électeurs, 1256. Changemens opérés dans les provinces : en Bavière [1180]; en Saxe [1180]; en Thuringe [1147]; en Souabe et Franconie [1268]; en Autriche [1246]. Changemens dans le droit public d'Allemagne. Ganerbinats; Villes anséatiques; Austrégues; pactes de confraternité.

## § II. — De l'Italie.

Querelles d'Innocent IV avec Conrad et Mainfroi; il soutient le parti guelfe en Toscane et en Lombardie. Révolutions en Toscane. Villes indépendantes. Les Gibelins sont chassés de Florence. Gouvernement populaire. Bataille de l'Arbia [1260]. Triomphe des Gibelins soutenus par Mainfroi, roi de Naples; règne glorieux de ce prince, 1254-1266. Urbain IV offre la couronne des Deux Siciles à Charles d'Anjou, qui l'accepte à des conditions honteuses, 1265. Bataille de Bénevent [1266]. Mort de Mainfroi. La maison d'Anjou-Provence règne à Naples. Charles relève le parti guelfe. Entreprise, défaite et supplice de Conradin [1268]. Vêpres Siciliennes [1282]. Pierre d'Aragon s'empare de la Sicile. Charles II hérite de la couronne de Hongrie [1290]. Il fait la paix avec le roi d'Aragon.

# CHAPITRE XVII.

## DES RÉPUBLIQUES MARITIMES.

### Coup d'œil général sur l'histoire d'Italie.

## § I.

VENISE. — Les Vénitiens prennent part aux croisades par des vues de commerce; leurs priviléges dans le Levant. Guerres contre l'empereur Manuel, 1143-1180. La république médiatrice entre Frédéric Ier. et Alexandre III, 1177. Acquisition de Candie; révoltes de cette île, 1215-1265. Guerres avec les Grecs, les Hongrois et les Gênois. Défaites des flottes gênoises, 1293. Idée de la constitution de Venise. Doge; assemblée générale; établissement du grand Conseil, 1172. Il s'arroge le droit de nommer les tribuns. Conseil des Pregadi, 1229. L'aristocratie empiète sur l'autorité du Doge. Mode d'élection de ce magistrat. Grand conseil héréditaire [1298]. Conseil des Dix [1310].

GÊNES.—Commerce et puissance des Gênois. Guerres de la Seigneurie avec les

Vénitiens et les Pisans au sujet de Candie et de la Corse. Révolutions dans le gouvernement. Consuls jusqu'en 1190 ; Podestats jusqu'en 1257. Capitaines du peuple.

GÊNES. — Grandeur, décadence de cette république. Guerre avec les Gênois. Défaite du podestat Morosini, 1284. Ligue toscane contre les Pisans. Trahison du comte Ugolin, 1287. Cruauté de l'archevêque Roger. Le port de Pise est comblé par les Gênois [1290]. Déclin rapide de la république.

§ II. — *Aperçu général de l'histoire d'Italie pendant les XIᵉ. XIIᵉ. XIIIᵉ. siècles.*

État de ce pays comparé à celui de l'ancienne Grèce. Rivalité des papes et des empereurs, des Guelfes et des Gibelins. Origine de cette rivalité. Les pontifes embrassent, dans l'intérêt de leur ambition, la cause de l'indépendance. Leur autorité établie par Grégoire VII est combattue par la maison de Souabe, et sort victorieuse de cette lutte inégale. Les papes tout-puissans en Italie, excepté dans Rome. Esprit républicain des Romains. Rome revenue aux jours de son enfance. Mode d'élection des souverains pontifes favorable aux tumultes populaires; Alexandre III restreint le droit d'élection aux seuls cardinaux, 1179. Origine de ces princes de l'église. Institution du conclave par Grégoire X, 1274. Après la mort de Frédéric II, les querelles des Guelfes et des Gibelins changent de nature. Les nobles forcés d'habiter les villes s'y fortifient contre les citoyens. Guerres urbaines. L'aristocratie victorieuse du parti populaire en Lombardie. Autorité et usurpation des podestats ; grandeur de quelques familles.

Prospérité de l'Italie au milieu de ses dissensions. Renaissance des lettres et des arts. Frédéric II les cultive et les protége avec succès.

# CHAPITRE XVIII.

## DE LA FRANCE ET DE L'ANGLETERRE,

### Jusqu'à la mort d'Édouard Iᵉʳ.

État de la France sous Philippe Iᵉʳ., 1060-1108. Lutte de la puissance royale avec la féodalité. Exploits et conquêtes des aventuriers français. Guerre avec Guillaume-le-Conquérant, 1087. La possession de la Normandie par les Anglais. Première cause de la rivalité des deux nations. Querelles entre les fils de Guillaume. Règne de Guillaume-le-Roux, 1087-1100. Henri lui succède ; il dépouille Robert de la Normandie, 1106. Louis-le-Gros embrasse la cause du fils de Robert , 1113. Divorce impolitique de Louis-le-Jeune [1152]. Eléonore épouse Henri Plantagenet, qui succède à l'usurpateur Étienne en 1154. Source de guerres. Les deux royaumes gouvernés par des moines. Bernard et Suger en France; Thomas Becket en Angleterre. Constitutions de Clarendon , 1164. Bannissement et assassinat de Thomas Becket. Conquête de l'Irlande sous Henri II [1172]. Idée de ce pays. Guillaume d'Écosse fait hommage de sa couronne au roi d'Angleterre. Révolte des fils de Henri encouragée par le roi de France. Alliance de Philippe-Auguste avec Richard-Cœur-de-Lion ; leur mésintelligence pendant la croisade, 1190. Conquête de Normandie par Philippe. Mort de Richard au siége de Chalus, 1199. Jean-Sans-Terre lui succède. Il fait mourir Arthur. Nouvelles hostilités. Jean condamné par la cour des pairs et excommunié par le pape ; se ligue avec le comte de Flandres et Othon IV. Bataille de Bouvines [1214]. Révolte des barons anglais. Grande charte anglaise [1215]. Mort de Jean, 1216.

Agrandissement du domaine royal sous Philippe-Auguste ; déclin de la puissance féodale. Guerre contre les Albigeois, commencée en 1208, continuée par Louis VIII, et terminée par Louis IX en 1229. Persécution du comte de Toulouse. Grandeur de la maison de Montfort en France et en Angleterre. Simon de Montfort , comte de Leicester , tout-puissant sous Henri III après la mort de Pembroke. Il se met à la tête des mécontens. Règlemens d'Oxford , 1259. Révolte des barons. Bataille de Lewes , 1264. Chambre des communes [1265]. Exploits du prince Édouard.

Règne de Saint-Louis, 1226-127. Guerre avec l'Angleterre. Bataille de Taillebourg, 1242. Traité de paix. Croisades malheureuses de Louis IX, 1248 et 1270. Sage administration de ce prince ; Philippe-le-Hardi, 1270-1285. Guerre avec la Castille, 1273. Avénement de Philippe-le-Bel [1285]. Règne d'Edouard Ier., 1272-1307. Conquête du pays de Galles , 1276. Affaires d'Écosse. Prétentions de Bruce et de Baliol. Décision d'Edouard, 1290. Guerre avec la France , 1292. Charles de Valois soumet la Guienne. Révolte de l'Écosse, 1297. Exploits de Wallace. Sa défaite à Falkirk , 1298. Édouard s'allie avec les Flamands. Charles de Valois s'empare de la Flandre , 1299. Bataille de Courtrai et de Mons en Puelle, 1302-1304. Nouvelle révolte de l'Écosse ; supplice de Wallace, 1305. Dernière révolte sous Robert Bruce II, 1306. La mort arrête les projets d'Edouard, 1307. Constitution régulière du parlement d'Angleterre sous Édouard Ier. , 1295.

# CHAPITRE XIX.

## DE L'ESPAGNE ET DES MUSULMANS.

### § I. — *Castille.*

Division de l'Espagne chrétienne en trois états principaux. Importance du royaume de Castille ; règne d'Alfonse VI, 1072-1109. Disgrâce du Cid. Prise de Tolède [1085]. Alfonse déclare la guerre au roi de Cordoue. Mohammed ben Abad appelle les Almoravides. État de l'Afrique ; fondation de Maroc, 1069. Le miramolin Iousef Tasfin défait Alfonse à Zélaka, 1087. Il détrône Abdallah, roi de Grenade, et ben Abad, 1090 et 1091. Croisade de Français, commandés par Raymond de Toulouse et Henri de Besançon ; Ali, successeur de Iousef, bat les chrétiens à Uclès, 1106. Règne d'Urraque, 1108-1126. Alfonse VII, roi de Castille et de Léon, 1126-1152. Il reçoit le titre d'empereur. Invasion des Almohades [1148]. Origine de cette secte guerrière. Alfonse les défait dans la Sierra-Morena. Sanche III, 1157. Alfonse VIII, 1158. Jakoub pénètre jusqu'aux Asturies, 1198. Innocent III fait prêcher une croisade contre les Maures. Mohammed el Nasir est taillé en pièces à Toloza, 1212. Affaiblissement des maures almohades. Règne de Ferdinand III, le Saint, 1217-1252. Union définitive des couronnes de Castille et de Léon. Ordres militaires ; inquisition. Exploits de Ferdinand ; prise de Cordoue et de Séville. Avénement d'Alfonse X, le sage, 1252. Il prétend à l'empire. Troubles excités par quelques familles puissantes ; Alfonse appelle à son secours le miramolin contre son fils rebelle ; générosité du prince musulman. Règne de Sanche IV, *le Brave*, 1284-1295. Il soumet ses sujets rebelles ; prise de Tarik et de Gibraltar.

### § II. — *Aragon.*

Union de la Navarre et de l'Aragon pendant trois règnes, 1076-1134. Prise d'Huesca, 1096. Conquête du royaume de Saragosse, 1118. Réunion du comté de Barcelone, 1137. Raymond Bérenger s'empare de Tortose et de Lérida, 1147. Conquête des îles Baléares et de Valence, par Jayme Iᵉʳ., 1230-1238.

### § III — *Navarre.*

Mariage de Blanche avec Thibault, comte de Champagne, 1234. La Navarre passe à la maison de France, par le mariage de Jeanne Iʳᵉ. avec Philippe-le-Bel, 1284.

## § IV. — *Portugal.*

Origine de ce royaume ; Henri de Besançon est reconnu comte de Portugal par Alfonse VI, roi de Castille, 1094. Ses conquêtes ; Alfonse I<sup>er</sup>. succède à son père, 1112. Ses exploits ; il est proclamé roi avant la bataille d'Ourique [1139]. États de Lamégo. Idée de la constitution du Portugal. Alfonse I<sup>er</sup>. s'empare de Lisbonne, 1147. Conquête de l'Algarve, par Alfonse III, 1249.

# CHAPITRE XX.

## ÉTATS DU NORD ET DE L'ORIENT DE L'EUROPE.

### INVASIONS DES MONGOLS.

#### § I. — *Suède.*

Division après la mort de Suerker, 1150. Double élection. Éric IX s'empare de la Finlande ; missions armées. Charles VII réunit les deux Gothies, 1162. Couronne élective dans les deux familles de Charles VII et d'Éric IX ; troubles continuels ; exploits du comte Birger ; élection de son fils Waldemar, 1251. Fondation de Stockholm par le régent Birger, 1251. Conquête de ce prince, 1293.

#### *Danemarck.*

Waldemar I<sup>er</sup>. (le Grand) subjugue les Slaves poméraniens, et fonde Dantzick, 1165-1178. Canut IV soumet le Holstein et le Mecklembourg, 1183-1201. Guerre en Esthonie et en Courlande, sous Waldemar II. Fondation de Stralsund, Revel, etc., 1209-1219. Captivité de Waldemar. Division entre ses fils ; Abel essaie en vain de rendre la couronne héréditaire. Troubles excités par le clergé, sous Éric VII, 1259-1286.

#### *Livonie, Courlande et Prusse.*

Découverte de la Livonie, par les Allemands, au 12<sup>e</sup>. siècle ; introduction du christianisme ; croisade contre les Livoniens ; défaite de l'évêque de Bertold ; conquête d'Albert ; il fonde Riga, et établit l'ordre des Porte-glaives [1201]. Origine des Prussiens. Conrad, duc de Masovie, appelle les chevaliers Teutoniques, 1226. Réunion des deux ordres, 1237. Fondation de Marienbourg, 1280. Conquêtes et puissance des chevaliers Teutons.

## § II. — *Hongrie.*

Règne de Ladislas et de Coloman, 1077-1114. Gouvernement représentatif en Hongrie. Arrivée des Saxons, 1142. Conquête des provinces illyriennes sur les Grecs et les Vénitiens. Usurpations des Magnats sous André II. Bulle d'or, 1222. Invasion des Mongols, 1241.

### *Pologne.*

Partage du royaume, à la mort de Boleslas III, 1139. Principautés de Silésie, de Posnanie, de Lublin, de Masovie, etc. Guerres civiles; soumission et révoltes des Prussiens. Succession irrégulière. Invasion des Mongols, 1240.

### *Russie.*

Nouveau partage après la mort de Wladimir II, 1125. Guerres civiles et étrangères. Fondation de Moscou [1155]. André Jurgewisch, grand prince de Wladimir, 1157. Décadence de Kiow. Invasion des Polonais et des Lithuaniens. Guerres contre les Bulgares et les Polowziens ou Cumans. Invasion des Mongols, 1223.

## § III. — *Conquêtes des Mongols sous Gengis-Khan et sous ses enfans.*

Origine des Mongols; leur division en Mongols propres, et en Eluths ou Kalmouks. Premiers exploits de Thémoudgin ou Tschingis. Fable du prêtre Jean. Grande diète, ou cour-ilté, 1206. Conquête de l'empire de Kin et du Catay. Prise de Cambalu et de Caschgar. Gengis attaque l'empire des Kharismins. Bataille d'Otrar. Prise de Samarkande, de Bokhara et de Balkh, 1221. Conquête de la Perse et de l'Indostan. Touschi va subjuguer le Kaptschak et défait les Russes, 1223. Mort de Gengis. Conquête de la Corée. Gayouk et Batou envahissent l'Europe. Prise de Moscou, 1237. Sac de Wladimir et de Kiow; Bataille de Schidlow, en Pologne, 1240. Incendie de Cracovie; défaite des croisés à Liegnitz. Bataille de Sajo. Les Mongols ravagent la Hongrie et les provinces illyriennes. Gayouk succède à son père Octaï, 1242; il a pour successeur son cousin Mangou, 1250. Règne glorieux de Kublaï, 1260-1294. Dynastie d'Iven, ou des Mongols à la Chine. Fondation de Pékin; étendue de l'empire Mongol. Khans subalternes de la Perse, du Zagathaï et du Kaptschak. La Russie tributaire de la grande horde.

# CHAPITRE XXI.

Progrès de la société et de l'esprit humain, en Europe, pendant les XI<sup>e</sup>. XII<sup>e</sup>. XIII<sup>e</sup>. et XIV<sup>e</sup>. siècles.

### § I. — *Communes et États généraux.*

#### ITALIE.

L'esprit de liberté se répand en Europe, et surtout en Italie. La doctrine d'Arnaud de Brescia y trouve de zélés partisans. Les municipalités se constituent en républiques; les affranchissemens se multiplient, et les nobles sont assujettis à la loi commune. *Voy. chap. XVII, § II.*

#### FRANCE.

Établissement des communes sous Louis-le-Gros et ses successeurs; opposition des nobles et du clergé. Les seigneurs sont forcés d'imiter les rois, et vendent la liberté aux bourgs. Quelques villes s'érigent d'elles-mêmes en communes, et se mettent sous la protection du roi. Affranchissement des serfs; influence de la religion chrétienne. Célèbre édit de Louis X, 1315. Corporations de métiers. Progrès de l'autorité royale; les grands vassaux sont dépouillés des droits régaliens. Premiers états généraux, 1303.

#### ALLEMAGNE.

. Origine des villes municipales sous Henri l'Oiseleur. Henri V affranchit tous les artisans des villes; corporations. Frédéric Barberousse combat le pouvoir municipal en Italie, et le favorise en Allemagne. Ligue anséatique sous Frédéric II. Immédiateté des villes; elles exercent le droit de suffrage aux diètes, 1293. Henri II, duc de Brabant, lègue la liberté à tous les cultivateurs.

#### ANGLETERRE.

Grand conseil, ou parlement féodal des évêques et des grands tenanciers. Les barons arrachent des chartes d'immunités aux successeurs de Guillaume-le-Conquérant. Constitutions de Clarendon, sous Henri II, 1164. Grande charte de Jean-Sans-Terre, 1215. Règlemens d'Oxford sous Henri III, 1259. Première chambre des communes, 1265. Constitution régulière du parlement, 1295. Députés des comtés et des bourgs. Les communes votent l'impôt.

ARAGON ET CASTILLE.

Couronne originairement élective dans les deux royaumes. Puissance des rois d'Aragon tempérée par celle du *Justiza*. Origine des communes antérieure au 12°. siècle. Elles sont représentées aux *Cortès* d'Aragon, en 1130. Cette assemblée annuelle est investie de l'autorité législative, et empiète sur le pouvoir exécutif. Établissement de la Sainte-Hermandad, 1260.

§ II. —*Législation.*

Dans la plupart des États, les rois partagent l'exercice du pouvoir législatif avec la cour féodale ou l'assemblée nationale. Les rois de France se l'arrogent exclusivement. Les peuples ne sont d'abord régis que par la loi féodale. Justices royales, seigneuriales et communales. Renaissance du droit romain en Italie, pendant le 12°. siècle. L'étude en est favorisée par les empereurs et les rois de France. Eugène III oppose aux lois de Justinien le décret de Gratien, 1152. Décrétales de Grégoire IX [1235]. Le droit canon est enseigné dans les écoles, concurremment avec le droit romain. Influence de la loi romaine sur l'administration de la justice. Pays de droit écrit et de droit coutumier.

§ III. — *Commerce.*

L'affranchissement des serfs fait prospérer l'agriculture. La liberté anime l'industrie et le commerce. L'opulence des villes balance la puissance des seigneurs. Les croisades étendent les transactions commerciales des républiques italiennes, de Marseille, de Barcelone, etc. Industrie et richesses des villes espagnoles. Prospérités des villes anséatiques. Manufactures des Pays-Bas. Les rois d'Angleterre vendent le droit de trafic aux villes et aux particuliers. Commerce maritime entièrement négligé par les Anglais.

§ IV. — *État des lettres et des arts.*

Principales langues parlées en Europe. La langue grecque s'altère par la corruption du goût, et le mélange des Grecs avec les Barbares. Les disputes théologiques occupent tous les esprits. Dans l'Occident, les divers dialectes des langues romane et teutonique, donnent naissance aux langues modernes. Le goût des vers renaît dans le midi de la France; la poésie provençale cultivée dans toute l'Europe méridionale. Troubadours et Trouvères. Caractère de leurs ouvrages. État des études en Europe. Écoles de Salerne; universités de Paris, de Bologne, de Vienne, d'Oxford, etc. La philosophie d'Aristote domine dans les

écoles , et les subtilités de la scolastique retardent les progrès du goût et de la
véritable philosophie. Ignorance des sciences exactes. Les Arabes d'Espagne les
cultivent avec succès. Les beaux-arts languissent dans une longue enfance. Auteurs célèbres : théologiens , jurisconsultes, médecins, historiens et poëtes.
Découvertes importantes.

# QUATRIÈME ÉPOQUE.

Depuis la fin du XIII<sup>e</sup>. siècle, jusqu'à la découverte de l'Amérique.

## CHAPITRE XXII.

### DE L'EMPIRE D'ALLEMAGNE.

§ I. — *Rodolphe de Habsbourg , Adolphe de Nassau et Albert I<sup>er</sup>.*

Origine de la maison de Habsbourg. Élection de Rodolphe [1272]. Conquête
des provinces autrichiennes sur Ottocar , 1276. Établissement de la paix publique. Mort de Rodolphe, 1291. Adolphe lui succède ; il tente vainement de
s'emparer de la Misnie et de la Thuringe , 1293-1297. Droit de suffrages des
villes impériales, 1273. Déposition d'Adolphe, 1198. Double élection d'Albert I<sup>er</sup>. Ses différens et sa réconciliation avec Boniface VIII. Origine de la
confédération helvétique. Ligue des cantons d'Uri, Schwitz et Underwalden
[1308]. Mort d'Albert, 1308. Bataille de Morgaten [1315]. Ligue de Brun-
nen. Accession des autres cantons à différentes époques.

§ II. — *Empereurs des maisons de Luxembourg et de Bavière.*

La maison de Luxembourg parvient à l'empire et au trône de Bohème, 1308-
1309. Expédition de Henri VII en Italie , 1312. Dièle de Pise. Élection de
Louis V de Bavière , 1313. Défaite de Frédéric-le-Bel à Mulhdorff [1315]. Cou-
ronnement de l'empereur , à Rome, 1326. Partage entre les deux branches de
la maison palatine. Jean XXII , Benoît XII et Clément VI persécutent
Louis V. Pragmatique-sanction [1335]. Élection illégale de Charles IV de
Luxembourg, 1347. Lâche prodigalité du nouvel empereur. Expédition en
Italie. Grandeur des Visconti [1354]. Dièle de Nuremberg ; bulle d'or [1356].
Charles IV confirme la cession d'Avignon et celle du Dauphiné. Wenceslas,
son fils, lui succède [1378]. Ligues des villes impériales, de Saint-Georges, et

des quatre cantons. Wenceslas entreprend de mettre fin au grand schisme. Il est déposé, 1400. Injustice des historiens à l'égard de ce prince. Règne insignifiant de Robert de Bavière. Élection de Sigismond, frère de Wenceslas, 1410. Il provoque la convocation du Concile de Constance. Guerre des Hussites [1418]. Exploits de Ziska et de Procope. Défaite de Sigismond. Pacification, 1436. Sigismond, en mourant, laisse les couronnes de Hongrie et de Bohême à son gendre, Albert d'Autriche, 1437. Derniers progrès des états, et usurpations du collége électoral, sous les derniers empereurs. Noblesse immédiate du Rhin. Distribution des états en trois colléges, sous Frédéric III, successeur de Sigismond, 1469.

### § III. — État des provinces allemandes.

#### BOHÈME.

Fin de la dynastie esclavonne, 1306. Réunion de la Silésie, sous Jean-l'Aveugle, et de la Lusace, sous Charles IV. La Bohême passe à la maison d'Autriche, 1437.

#### BAVIÈRE.

Traité de partage de Pavie, 1329. Deux palatinats du Rhin. Pacte de confraternité ( exécuté en 1777 ).

#### BRANDEBOURG.

Fin de la branche d'Ascanie-Anhalt, 1320. L'électorat passe aux maisons de Bavière et de Luxembourg, et enfin à Frédéric, burgrave de Nuremberg, tige de la maison de Prusse, 1417.

#### SAXE.

Extinction de la maison ascanienne, 1423. Frédéric-le-Belliqueux obtient la Saxe. Division de sa famille en branches Ernestine et Albertine.

#### PAYS-BAS.

Puissance des ducs de Bourgogne, depuis Philippe-le-Hardi jusqu'à la mort de Charles-le-Téméraire [1363-1477]. Les Pays-Bas passent à la maison d'Autriche, 1478.

# CHAPITRE XXIII.

De la puissance pontificale, et des troubles de l'église.

Élection de Boniface VIII, 1294 ; ses prétentions et ses démêlés avec Philippe-le-Bel [1294-1303]. Expédition de Guillaume de Nogaret et de Colonne. Exaltation et empoisonnement de Benoît XI. Conclave de Pérouse. Bertrand de Gott est élu pape, 1305. Translation du saint siége à Avignon [1309]. Concile de Vienne. Procès des Templiers, et abolition de l'ordre [1307-1313]. Pontificat de Jean XXII, Benoît XII et Clément VI, 1316-1352. Grégoire XI transporte son siége à Rome, 1377.

### État de Rome pendant l'absence des papes.

Les légats du pape gouvernent la Romagne. Gouvernement municipal à Rome. Ambition et querelles des nobles. Conjuration de Rienzi. Établissement du *bon état* [1347]. Rienzi chasse et rappelle les nobles ; il cite à son tribunal le pape et l'empereur. Vanité ridicule du tribun. Le peuple l'abandonne, il s'évade. Tribunat de Baronceli. Retour de Rienzi avec le cardinal Albornos, 1353. Rienzi est massacré, 1354. Albornos réduit les vassaux de la Romagne. Grégoire et Urbain V à Rome.

### Schisme d'Occident.

Élection violente de Brigano (Urbain VI), 1378. Clément VII, anti-pape à Avignon. Victoire, captivité et cruautés d'Urbain. Concile de Pise [1409]. Élection d'Alexandre V. Trois papes à la fois. Jean XXIII succède à Alexandre V.

### Concile de Constance [1414-1419].

Motifs de sa convocation. Il projette la réforme des abus, et dépose les trois papes. Élection d'Othon Colonne (Martin V). Condamnation de Jean Hus et de Jérôme de Prague. Concile de Bâle [1431-1448]. Æneas Sylvius, secrétaire du concile. Réformes ; déposition d'Eugène IV. Élection de Félix V. Petit schisme. Dernière révolte à Rome. Conciles de Ferrare et de Florence opposés à celui de Bâle [1439]. Projet de réunion des églises grecque et latine. Pragmatique-sanction en France, 1438. Concordat de la nation germanique, rédigé par Piccolomini, depuis Pie II, 1447. Règne paisible du pape Nicolas V, 1447-1455. Conspiration de Porcaro, 1453. Pie II, 1458-1462. Désordres de la noblesse sous Sixte IV. Pouvoir absolu des papes, dans Rome, depuis Alexandre VI.

# CHAPITRE XXIV.

État de l'Italie, jusqu'à l'expédition de Charles VIII.

§ I. — *De la Toscane , et particulièrement de Florence.*

Castruccio Castracani, duc de Lucques , 1328. Ses conquêtes. Guerres continuelles entre les républiques toscanes. Conquête de Pise par les Florentins , 1406. Florence, centre de la politique italienne. Elle défend la liberté des villes contre les nobles. Commencement des Médicis. Côme, père de la patrie. Laurent-le-Magnifique, père des muses.

§ II. — *Des principales villes de la Lombardie.*

Ambition des nobles; usurpations des Podestats. Grandeur de Cane et de Martino della Scala, à Vérone [1260-1389]. Martino aspire à la royauté d'Italie. Les Florentins combattent ses prétentions. Les Visconti succèdent à sa puissance. Origine de cette famille. Mathieu-le-Grand hérite de la puissance de son oncle Othon , 1295. Milan érigé en duché en faveur de Galéas [1395]. Ligue des Florentins , des Vénitiens et de la Savoie, contre Philippe Visconti [1425-1438]. Supplice du comte Carmagnole. Les villes du Milanais essaient de se former en républiques, après la mort de Philippe, en 1447. Origine des prétentions de la France sur le duché de Milan : première cause des guerres d'Italie. Avénement des Sforces au duché de Milan , 1457. Les comtes de Savoie s'agrandissent en Italie. Marquisat de Montferrat. La maison de Gonzague domine à Mantoue, celle d'Est à Ferrare, et celle de Carrare à Padoue. Usurpation de Bentivoglio à Bologne. Idée des Condottieri.

§ III. — *Des républiques maritimes.*

VENISE.

Conjuration de Tiépolo sans succès [1310]. L'aristocratie consolidée. Guerres sur le continent; conquête de la Marche trévisane. Guerre avec les Gênois au sujet de Caffa et d'Azow. Les Hongrois s'emparent de la Dalmatie. Défaite des Vénitiens, suivie de celle des Gênois à Chiozza [1386]. Venise se relève au commencement du 15°. siècle.

GÊNES.

Instabilité du gouvernement. Établissement du Dogat, 1339. Succès des Gênois sur la Mer Noire; ils se donnent à Jean Visconti. Troubles civils. Gênes se donne à la France, et reprend ensuite sa liberté.

### § IV. — *De Naples et de la Sicile.*

La maison d'Aragon continue de régner en Sicile, et celle d'Anjou à Naples. Carobert, fils de Charles II, parvient à la couronne de Hongrie. Règne de Robert-le-Sage, 1309-1343. Il marie Jeanne avec André de Hongrie. Jeanne fait assassiner son époux [1344]. Louis de Hongrie arrive en Italie pour le venger. Supplice de Durazzo. Jeanne se sauve en Provence, 1347. Elle rentre dans son royaume. Prétentions de Charles II de Durazzo; il succède à Jeanne, 1382. Expédition de Louis Ier. d'Anjou, fils adoptif de Jeanne; assassinat de Durazzo, 1386. Expédition de Louis II. Il s'empare du royaume, et le perd par sa faute. Règnes de Ladislas et de Jeanne II, 1386-1442. Avénement d'Alfonse d'Aragon au trône de Naples. Les comtes de Provence essaient en vain de le déposséder. La seconde maison d'Anjou transmet ses droits aux rois de France [1480]. Seconde cause des guerres d'Italie.

### CHAPITRE XXV.

#### Rivalité de la France et de l'Angleterre : Guerre de cent ans.

État des deux pays avant Édouard III et Philippe de Valois. Progrès de l'autorité royale sous les trois fils de Philippe-le-Bel. Continuation de la guerre de Flandre. Isabelle de France trouble l'Angleterre et fait déposer son époux Édouard II. Faiblesses de ce prince pour ses favoris. Supplice de Spencer et de Mortimer. Avénement d'Édouard III et de Philippe de Valois, 1327-1328. Prétentions d'Édouard sur la couronne de France, encouragées par les Flamands et par Robert d'Artois. Commencement de la guerre de cent ans. Bataille de l'Écluse, 1337. Guerre d'Écosse. Affaires de Bretagne. Bataille de Créci [1346]. Siége et prise de Calais. Réunion du Dauphiné à la couronne, 1349. Jean succède à Philippe VI, 1350. Bataille de Poitiers [1356]. Captivité du roi Jean. Triomphe du prince Noir. Régence du dauphin. États généraux. Intrigues et crimes de Charles-le-Mauvais. Conspiration de Marcel, prévôt des marchands. Jacquerie. Paix de Bretigny [1360]. Grandes compagnies. Duguesclin en délivre la France sous le règne suivant. Sage administration de Charles V, 1364-1380. Rupture avec l'Angleterre, 1369. Conquête de la Guienne et autres provinces, par le connétable Duguesclin.

État de l'Angleterre après la mort d'Édouard III. Règne orageux de Richard II, et de l'usurpateur Henri IV, 1377-1413. Progrès du parlement sous les trois derniers rois.

Malheurs de la France sous Charles VI. Rivalité des oncles du roi. Nouvelle révolte de la Flandre. Maillotins. Démence du roi. Factions des Bourguignons et des Armagnacs. Assassinat du duc d'Orléans, 1407. Rupture avec l'Angleterre. Henri V remporte la victoire d'Azincourt [1415]. Le duc de Bourgogne est assassiné à Montereau [1419]. Traité de Troyes [1420]. Manœuvres criminelles d'Isabeau de Bavière. Abandon du dauphin. Henri VI, reconnu roi de France après la mort de Charles, 1422. Régence de Bedfort. Siége d'Orléans [1429]. Jeanne d'Arc sauve la France. Charles VII est couronné à Reims. Procès et supplice de Jeanne [1431]. Exploits de Dunois. Entière expulsion des Anglais. Taille perpétuelle et milice permanente sous Charles VII. Réforme de l'université. Commerce florissant ; Jacques Cœur.

\*\*\*\*\*\*\*\*\*\*\*\*\*\*\*\*

## CHAPITRE XXVI.

Suite du chapitre précédent.

### § I. — *Rivalité orageuse des maisons de Lancastre et d'Yorck. Avénement des Tudors.*

Minorité de Henri VI, 1421 ; il épouse Marguerite d'Anjou, 1443. Prétentions et révolte de Richard d'Yorck, 1450. Rose blanche et Rose rouge. Warwick. Conduite héroïque de la reine Marguerite. Édouard d'Yorck, vainqueur à Saint-Albans, se fait reconnaître roi par le peuple de Londres [1461]. Henri VI se sauve en Écosse. Bataille d'Exham [1464]. Alliance d'Édouard IV avec le duc de Bourgogne. Warwick embrasse la cause de Lancastre, et rétablit Henri VI [1470]. Batailles de Burnet et de Teukesbury, 1471. Rétablissement d'Édouard. Guerre avec la France. Paix de Pecquigny, honteuse pour les deux rois [1475]. Cruautés d'Édouard IV. Édouard V, 1483. Protectorat de Glocester. Tyrannie de Richard III, 1483-1485. Origine des Tudors. Henri Tudor de Richemont fait une descente en Angleterre. Bataille de Bosworth. Avénement d'Henri VII, premier roi de la maison de Tudor [1485].

### § II. — *Règne de Louis XI*, 1461-1483.

Louis XI, sujet et fils rebelle, et roi despote. Il mécontente les grands vassaux. Ligue du bien public, 1464. Bataille de Montlhéri, suivie du traité de Conflans [1465]. Mauvaise foi du roi. Révolte des Liégeois. Charles-le-Téméraire retient Louis XI prisonnier à Péronne, 1468. Traité de Péronne, bientôt rompu, 1470.

Le duc de Guienne meurt empoisonné, 1472. Réunion de cette province au domaine immédiat. Ligue des ducs de Bourgogne et de Bretagne. Siége de Beauvais. Louis divise ses ennemis, et s'allie avec les Suisses. Troupes suisses au service de France. Trève avec le Bourguignon; il fait la guerre aux Suisses. Combats de Granson et de Morat [1476]. Mort de Charles, au siége de Nancy, 1477. Ambition de ce prince. Réunion du duché de Bourgogne à la couronne. Marie de Bourgogne épouse Maximilien, roi des Romains, 1478. Guerre entre ce prince et le roi de France. Bataille de Guinegate [1479]. Trève. Origine de la rivalité des maisons de France et d'Autriche. Commencement du système d'équilibre en Europe. Mort de Charles d'Anjou, comte de Provence, 1480. Louis XI hérite de ses états et de ses droits sur la couronne de Naples ; seconde cause des guerres d'Italie. Franchises et priviléges du pays de Provence. Mort de Louis XI, 1483. Caractère et politique de ce prince ; ses cruautés envers les grands. Procès célèbres. Ruine de la haute féodalité. Réunion de plusieurs grands fiefs. Règlement sur les apanages. Ordre de Saint-Michel. Abolition de la pragmatique. Établissement des postes. Commerce.

## CHAPITRE XXVII.

### ESPAGNE. PORTUGAL. ÉTATS DU NORD AU XVᵉ. SIÈCLE.

#### ESPAGNE.

Partagée entre les royaumes de Navarre, d'Aragon, de Castille, et les mahométans.

### I. — *Navarre.*

Pourquoi elle demeura la plus faible de toutes les souverainetés espagnoles. elle passe des comtes de Champagne aux rois de France, 1284. Aux comtes d'Évreux, 1336. Aux souverains d'Aragon, 1425. Aux comtes de Foix, 1479. Apportée en dot par Catherine de Foix à Jean d'Albret, 1483. La plus grande partie conquise par Ferdinand d'Aragon, 1512.

### § II. — *Aragon.*

Comprenant, outre l'Aragon proprement dit, tout le comté de Barcelone, les îles Baléares, et le royaume de Valence. Pierre III, maître de la Sicile par les Vêpres siciliennes [1282]. La souveraineté de cette île dans une branche cadette, 1285. Jayme II défend son royaume, donné par le pape à Charles de

Valois ; prend possession de la Sardaigne, 1326. Guerre contre les musulmans. Nouveaux accroissemens. Alfonse V, maître du royaume de Naples, 1443. Jean II. Ferdinand-le-Catholique [1461].

## § III. — *Castille.*

Ses rois presque toujours en guerre avec les Maures. Alfonse XI. Siége d'Algésiras. Les Arabes d'Espagne secourus par le miramolin de Maroc. Bataille de Tariffa [1340]. Accroissemens de la Castille. Pierre-le-Cruel. Révolution, guerre civile ; bataille de Navarette ; Duguesclin prisonnier, ensuite vainqueur. Pierre détrôné et mis à mort par son frère, Henri de Transtamare [1368]. Les successeurs d'Henri étendent leur domination sur la Biscaye. Henri IV, dit l'Impuissant, détrôné. Isabelle sa sœur mise à sa place [1474].

## § IV.

Union de la Castille et de l'Aragon par le mariage conclu entre Isabelle et Ferdinand-le-Catholique [1469]. État du royaume des Maures à Grenade. Il est attaqué et renversé par Isabelle et Ferdinand [1492]. Fin de la domination des Maures en Espagne. Établissement de l'inquisition ; commencement du pouvoir absolu. Conquête de la Navarre [1512]. L'Espagne toute entière sous les lois de Ferdinand et d'Isabelle.

### PORTUGAL.

Denys, surnommé le père du peuple. Pierre I, 1357. Ferdinand, 1367. Il ne laisse qu'une fille, mariée avec le roi Jean de Castille, 1383. Jean, dit le Bâtard, s'empare de la couronne. Victoire d'Albujarotta sur les Castillans [1385]. Règne glorieux de ce prince. Conquête de Ceuta [1415]. Les Portugais tournés vers les découvertes maritimes.

### COURONNES DU NORD.

### *Suède, Danemarck et Norwège.*

Troubles intérieurs, terminés par l'union de Calmar. Marguerite de Waldemar, reine de Suède, de Danemarck et de Norwège [1397]. Eric-le-Poméranien. Christophe-le-Bavarois, 1448. A sa mort, les Suédois se détachent de l'union. Christian, tige de la maison d'Oldenbourg en Danemarck. Il fait rentrer dans l'union la Norwège et la Suède [1450-1457]. Conquiert le Slevisc et le Holstein, 1469. L'union perpétuée sous ses premiers successeurs.

RUSSIE.

Etat déplorable de la Russie sous la domination des Mongols. Efforts d'Ivan Wasiliéwitch I<sup>er</sup>. [1462]. Affaiblissement de la grande horde.

~~~~~~~~~~~~~~~~~~~~~~~~~~~~~~~~~~~~~~~~~

## CHAPITRE XXVIII.

### LES TURCS. TIMOUR. FIN DE L'EMPIRE GREC.

Origine des Turcs ottomans. Leur puissance commence en Bithynie, et s'accroît des débris de l'empire d'orient, 1317. Orkhan, fils d'Ottoman ou Osman, institue les janissaires et prend le titre de sultan. Prise de Gallipoli, 1358, et d'Andrinople, par Amurath I<sup>er</sup>., 1360. Gouvernement de la Romélie. Bataille de Cossowa. Mort d'Amurath, 1389. Bajazeth I<sup>er</sup>., surnommé l'*Éclair*, achève la conquête de l'Asie Mineure et de la Bulgarie. Bataille de Nicopolis, gagnée par Bajazeth, sur Sigismond, roi de Hongrie [1396]. La Bosnie arrachée à l'empire grec.

Puissance de Bajazeth soudainement menacée par celle de Timour ou Tamerlan. Royaume de Samarkande [1369]. Timour conquiert la Perse et l'Indostan, 1398. Attaque l'occident et Bajazeth, 1408. Bataille d'Ancyre ou d'Angouri; défaite de Bajazeth [1402]. Sa mort, 1403. Timour va vaincre les Mamelucks, et meurt, 1406. Démembrement de son vaste empire. Fondation de l'empire, aujourd'hui subsistant, du grand Mongol [1498].

Divisions des fils de Bajazeth. Mahomet I<sup>er</sup>. relève la puissance turque, 1413. Amurath II, 1420. Ses conquêtes sur l'empire grec. État de ce malheureux empire depuis les croisades. Acte d'union de l'église grecque avec l'église latine. Inutilité des efforts de l'empereur Jean VI Paléologue. Bataille de Varna, gagnée par Amurath II sur les Hongrois [1444]. Jean Hunyade et Scanderbeg arrêtent les conquêtes du sultan. Mahomet II, 1451. Siége et prise de Constantinople [1453]. Fin de l'empire d'Orient. Rapide conquête de l'Albanie, du Péloponèse, de l'Archipel, de l'empire de Trébizonde [1453-1462]. Vaine tentative de croisade contre Mahomet II. Bataille de Belgrade, gagnée sur les Ottomans, par Jean Hunyade [1467]. Mahomet échoue contre Ussum Cassan, qui régnait en Perse, et contre les chevaliers de Rhodes [1480]. Sa mort, 1481. Bajazeth II conquiert la Bessarabie [1484].

## CHAPITRE XXIX.

### L'EUROPE AUX XIV°. ET XV°. SIÈCLES.

Coup d'œil général sur l'aspect qu'a présenté l'Europe durant cette période historique. Décadence insensible du pouvoir pontifical, et des causes qui l'ont opérée. Agrandissement marqué du pouvoir royal dans toutes les monarchies. Quelques pas vers la civilisation. La vie sociale améliorée par les progrès de l'industrie. Étendue du commerce et de la navigation. Inventions utiles, papier de linge, peinture à l'huile, gravure sur cuivre, etc. etc. Découverte plus importante de la poudre à canon, et son influence sur le système militaire de l'Europe. Boussole, imprimerie.

Progrès des lettres, des sciences et des arts : Dante, Boccace, Pétrarque, Cimabue, Palladio, etc., etc., en Italie ; Roger Bacon en Angleterre ; Pierre d'Ailly, Nicolas de Clémange, et Jean Gerson, en France. L'érudition popularisée par la translation des manuscrits antiques de la Grèce en Italie, après la prise de Constantinople, et par l'imprimerie. Réflexions générales.

# CINQUIÈME ÉPOQUE.

Découverte de l'Amérique. — Paix de Westphalie.
1492 — 1648.

## CHAPITRE XXX.

### § I. — Découverte de l'Amérique.

Traditions anciennes sur l'existence d'une quatrième partie du globe. Christophe Colomb, et ses instances auprès de diverses cours. Il est accueilli par Isabelle de Castille. Il découvre les îles d'Haïti et de Cuba [ 1492 ]. Deuxième et troisième voyages [ 1493 et 1498 ]. Amerigo Vespucci, négociant florentin, côtoie la terre ferme (1497), et donne son nom à cette nouvelle partie du monde. Conquêtes des Espagnols, leur avarice et leurs cruautés. Le Mexique [ 1521 ] découvert et conquis par Fernand Cortès; le Pérou [ 1533 ] par François Pizarro ; le Brésil par les Portugais, sous la conduite d'Alvarez Cabral [ 1500 ]. Établissemens postérieurs de la France et de l'Angleterre en Amérique [ 1535-1635 ]. Principales influences de cette découverte sur l'état politique de l'Europe.

5

§ II. — *Afrique et Indes orientales.*

Premières découvertes des Portugais. Madère [1419], découverte par Zarco ; Açores [1424-31], par Gonzalès Velho de Cabral. Cap Verd [1460]. Établissemens sur les côtes de Nigritie et de Congo. Cap des Tourmentes doublé par Barthélemy Diaz [1486]. Bulle du pape Alexandre VI, qui partage les contrées nouvelles à découvrir, entre les Espagnols et les Portugais, et tire une ligne fictive entre leurs possessions [1493]. Route maritime vers les Indes, trouvée par Vasco de Gama, sous le règne d'Emmanuel [1498]. Côtes de Mozambique et de Zofala. Prise de Goa par Albuquerque [1511]. Guerre contre Soliman, sultan des Turcs, et contre le roi de Cambay. Conquêtes successives dans l'Inde, jusque vers la fin du 16e. siècle. Changement soudain dans la balance du commerce. Importance politique du Portugal.

## CHAPITRE XXXI.

### GUERRES D'ITALIE.

§ I. — *Coup d'œil général sur l'Italie vers la fin du quinzième siècle.*

Royaume des deux Siciles sous la maison d'Aragon. Rome, depuis la fin du schisme jusqu'à Borgia [1492]. Florence : commencement du patronage des Médicis ; le grand Cosme [1465]. Pierre, Laurent et Julien. Conspiration des Pazzi, 1478. Laurent seul à la tête de la république. Venise. Elle acquiert le royaume de Chypre [1486] et devient la puissance prépondérante de l'Italie. Gênes tour à tour à la France, aux ducs de Milan, à ses propres lois. Maison d'Est à Ferrare, Modène et Reggio ; de Gonzague à Mantoue ; des Mirandole, Malespina, Grimaldi, Montelfetro, etc., dans d'autres villes ; les comtes de Savoie dans le Piémont. Ludovic Sforze ou Louis-le-More à Milan, 1494. Condottieri.

§ II. — *Expédition de Charles VIII.*

Droits de ce prince au trône de Naples comme héritier de la maison d'Anjou. Conquête rapide [1494]. Ligue du perfide Alexandre VI, de Ludovic, de Maximilien, de Ferdinand-le-Catholique, et des Vénitiens, contre les Français. Bataille de Fornoue. Charles VIII de retour en France ; sa mort, 1498. Les Français dépouillés de leur conquête.

§ III. — *Expéditions de Louis XII.*

Ses prétentions au Milanez, par son aïeule Valentine Visconti. Il le conquiert sur Louis-le-More [1500]. Prétentions au royaume de Naples : ligue avec Ferdinand-le-Catholique; conquête [1501]. Rupture entre les Français et les Espagnols : expulsion des Français par Gonzalve de Cordoue, dit le grand Capitaine [1503]. Ligue de Cambrai contre Venise, entre Maximilien, Ferdinand, Louis XII et le pape Jules II. Bataille d'Agnadel [1509]. Commencement de la décadence de cette puissante république. Louis XII abandonné par ses alliés. Ligue contre lui. Bataille de Novare. Le Milanez enlevé aux Français. Les Suisses devant les murs de Dijon, 1512 et 13. Mort de Louis XII [1515]. Ses vertus et son administration.

§ IV. — *Expéditions de François Ier.*

Bataille de Marignan, et nouvelle conquête du Milanez [1515]. Alliance avec les Suisses, 1516. Avénement de Charles d'Autriche, dit Charles-Quint, à la couronne d'Espagne, 1516; à la couronne impériale [1519]. Il dispute l'Italie aux Français, 1521. Bataille de Pavie [1525]. Paix de Madrid. Nouvelles guerres terminées par le traité de Crépy [1544]. Le duché de Milan et le royaume de Naples incorporés à la monarchie espagnole.

§ V. — *État de l'Italie après ces longues guerres.*

Fin de la liberté républicaine à Florence; création du grand duché de Toscane en faveur des Médicis [1530-1569]. Duchés de Parme et de Plaisance [1545-1557]. États pontificaux. Gênes relevée par André Doria [1528]. Chute de la puissance vénitienne et ses diverses causes. Souveraineté de Malte [1530]. Illustration littéraire de l'Italie, au seizième siècle.

*******************************************

# CHAPITRE XXXII.

## LA RÉFORME.

§ I. — *Commencement de la révolution religieuse en Allemagne.*

Indulgences de Léon X. Martin Luther et Ulric Zwingle s'érigent en réformateurs [1517]. Jean Calvin les suit, 1532. Protestation de Jean Ier., électeur de Saxe, contre la diète de Spire; et origine du nom de protestans [1529]. Confession de foi présentée à l'empereur à la diète d'Augsbourg [1530]. Progrès de la nouvelle doctrine en Allemagne, et ligue de Smalcalden entre les états protestans, 1531. Concile de Trente, commencé en 1545, et terminé en 1563. Origine de la société des jésuites.

## § II. — *Premières guerres de la réforme.*

Jean Frédéric, électeur de Saxe, et Philippe, électeur de Hesse, avec les autres princes protestans, se liguent contre Charles-Quint, 1546. Bataille de Muhlberg, et les deux chefs de l'union prisonniers [1547]. Diète d'Augsbourg, et déposition de Jean Frédéric : l'électorat de Saxe donné au duc Maurice, 1548. L'*Intérim*. Traité d'alliance de Chambord, entre Henri II, roi de France, et l'électeur Maurice contre l'empereur [1552]. Victoire sur l'empereur ; Henri II, maître des trois évêchés. Transaction de Passaw. Paix de religion d'Augsbourg [1555]. Abdication de Charles-Quint ; son frère Ferdinand lui succède dans la dignité impériale ; son fils Philippe II dans la possession de l'Espagne, des Pays-Bas, de Naples et des Indes [1556].

## § III — *La réforme en Angleterre.*

Henri VIII ; les caprices de sa politique ; son ministre Wolsey ; ses passions. Son divorce, malgré le pape, avec Catherine d'Aragon, tante de Charles-Quint, 1532. Abrogation de l'autorité papale en Angleterre ; le roi chef de l'église [1534]. Suppression des couvens : formulaire déterminé par Henri VIII. Édouard VI introduit le calvinisme pur, ou le presbytérianisme. Marie rétablit le catholicisme et l'autorité du pape, 1554. Élisabeth abroge de nouveau cette autorité, et fonde l'église anglicane [1559].

## § IV. — *La réforme dans les états du Nord.*

Cruautés de Christian II, roi de Suède et de Danemarck : fin de l'union. Gustave Wasa rend l'indépendance à la Suède [1521]. Il est reconnu roi, 1523. Il renverse le pouvoir des évêques, et établit le luthéranisme [1527]. Union héréditaire dans la famille de Gustave, 1540. — Danemarck. Christian détrôné, 1523. Puissance nouvelle de l'aristocratie. Frédéric Ier professe le luthéranisme à la diète d'Odensée [1527]. Diète de Copenhague, 1530. Christian III achève la révolution religieuse. Paix de Stettin entre le Danemarck et la Suède, 1570.

# CHAPITRE XXXIII.

## POLOGNE, RUSSIE, TURCS, etc.

### § I. — *Pologne.*

Guerre de l'ordre teutonique contre les rois de Pologne. Le siége de l'ordre transporté en Allemagne. Érection du duché de Prusse [1525]. Traité de Wilna, qui livre la Livonie, la Courlande et la Sémigalle aux rois de Pologne, 1560. La réforme trouve peu de partisans en Pologne. État vicieux du gouvernement. Extinction de la race des Jagellons ; le trône devient purement électif [1572].

### § II. — *Hongrie.*

Sa gloire et sa puissance sous Mathias Corvin [1458-90]. Faiblesse des successeurs de ce prince. La Hongrie passe aux mains de l'Autriche [1515]. Guerre des Turcs, troubles de religion, soulèvemens intérieurs, etc.

### § III. — *Russie.*

Iwan Wasiliéwitsch II anéantit la Horde de Kasan [1552] ; celle d'Astracan [1554]. Guerre de Livonie. Paix de Kiewerowa-Horca, 1582. Effort d'Iwan pour la civilisation de son empire. Découverte et possession de la Sibérie [1583].

### § IV. — *Turquie.*

Règne de Bajazeth II. Guerre de Perse. Zizim. Sélim Ier., 1512. Conquête de la Moldavie. Guerre avec le shah Ismaël Sofi Ier., 1514 ; contre les Mamelucks d'Égypte ; leur domination renversée ; l'Égypte ajoutée à l'empire des Ottomans [1517]. Soumission des tribus arabes. Sélim refuse tout traité de commerce avec Venise. Sa mort, et avénement de Soliman-le-Grand, 1520. Conquête de la province d'Erzerum, de la Géorgie, et de l'Yrâk-Arabi sur les Perses [1520-34]. Prise de Rhodes sur les chevaliers de Saint-Jean [1522]. Guerre de Hongrie et bataille de Mohacz [1526]. Marine de Soliman ; son amiral Barberousse ; alliance avec François Ier. contre Charles-Quint. Les Vénitiens perdent la plupart de leurs possessions dans l'Archipel et sur les côtes. Guerres de l'Afrique septentrionale. Effort inutile de Soliman contre l'île de Malte [1565]. Politique intérieure de Soliman ; sa magnificence et ses essais de civilisation. Sélim II, 1566. Conquête de l'île de Chypre par les Turcs sur les Vénitiens [1570]. Bataille de Lépante ; affaiblissement de la marine turque [1571]. Décadence des sultans et de leur empire.

# CHAPITRE XXXIV.

## PHILIPPE II. GUERRES DE RELIGION EN FRANCE.

### § I.

Philippe II, 1556. Sa puissance, et la prépondérance de l'Espagne parmi les états européens. Caractère de ce prince, et son gouvernement.

### § II. — *Conquéte du Portugal.*

Coup d'œil sur les règnes brillans d'Emmanuel et de Jean III en Portugal, 1495-1557. Règne du faible Sébastien, et commencement de décadence. Malheureuse expédition en Afrique, et bataille d'Alcaçar [1570]. Mort du roi Sébastien sans héritier direct. Henri le cardinal. Sa mort, et prétentions diverses à la couronne. Bataille d'Alcantara gagnée par le duc d'Albe, général de Philippe II. Le Portugal incorporé à la monarchie espagnole [1580].

### § III. — *Guerre des Pays-Bas.*

Prospérité des Pays-Bas, industrie, commerce, sous les comtes de Hollande et les ducs de Bourgogne. Leur attachement à Charles-Quint. Administration oppressive de Philippe II ; inquisition, nouveaux évêchés; persécution contre le protestantisme. Compromis de Breda [1566]. Premier soulèvement populaire. Arrivée du duc d'Albe ; conseil des troubles; sanglantes exécutions, 1567. Supplice des comtes d'Egmont et de Horn ; guerre civile; gueuserie. Guillaume d'Orange à la tête de l'insurrection. Union de Dordrecht, 1572. Pacification de Gand. Les états généraux de Bruxelles s'unissent aux confédérés de Hollande, 1576. Alexandre Farnèse relève la domination espagnole, 1579. La souveraineté des Pays-Bas offerte à l'archiduc Mathias, au duc d'Alençon et au comte de Leicester. Fameux traité d'union d'Utrecht. Confédération républicaine et protestante des *sept provinces unies* [1579]. Déclaration d'indépendance [1581]. Assassinat de Guillaume. Les Espagnols reprennent une partie des Pays-Bas, 1584. Accroissement du commerce des Provinces-Unies. Établissemens dans les Indes orientales. Force imposante de la nouvelle république. Maurice de Nassau vainqueur des Espagnols. Trève de 1609. Guerre reprise en 1621, terminée en 1648 par la reconnaissance de l'indépendance des Provinces-Unies.

§ IV. — *Guerres de religion en France.*

Henri II, dépouillé de ses conquêtes par la paix de Cateau-Cambrésis, 1559; meurt. François II lui succède, 1560. Influence exclusive de la maison de Lorraine. Conjuration d'Amboise [1560]. Charles IX ; régence de Catherine de Médicis. Massacre de Vassy, premier signal des guerres de religion [1560]. Bataille de Dreux, 1563. Assassinat de François de Guise. Courte paix. Seconde guerre civile; bataille de Saint-Denis [1567]. Troisième guerre; bataille de Jarnac [1569]. Henri de Béarn, chef de la ligue protestante. Bataille de Moncontour; paix avantageuse aux protestans, 1570. Massacre de la saint-Barthélemi [1572]. Guerre rallumée : siéges de la Rochelle et de Sancerre; mort de Charles IX, 1574. Édit de pacification de 1576, accordé aux calvinistes par Henri III. Naissance de la ligue. Le roi l'approuve. Mort du duc d'Alençon. Henri de Béarn déshérité de la couronne; factions politiques. Philippe II les excite. Guerre déclarée ; bataille de Coutras [1587]. Henri de Guise plus puissant que le roi, est assassiné par ses ordres aux états de Blois, 1588. Henri III et le Béarnais unis contre la ligue, 1589. Assassinat de Henri III. Avénement de la maison de Bourbon avec Henri IV. Le duc de Mayenne chef de la ligue. Bataille d'Ivry [1590]. Blocus de Paris; famine. Ambition et intrigues de Philippe II. Alexandre Farnèse opposé à Henri IV. Henri IV abjure le protestantisme [1593], et entre à Paris, 1594. Mayenne soumis, 1596. Guerre contre l'Espagne. Traité de Vervins. Mort de Philippe II [1598]. — Édit de Nantes ; la France paisible. Coup d'œil sur l'administration de Henri IV et de Sully.

# CHAPITRE XXXV.

## RÉVOLUTION ANGLAISE,

Jusqu'à la mort de Charles Ier.

§ I. — *Aperçu général du règne d'Élisabeth.*

Elle obtient la renonciation de Marie Stuart à la couronne d'Angleterre. l'Écosse presbytérienne, 1560. Marie Stuart chassée de ses états, vient se mettre aux mains d'Élisabeth, 1568. Sa captivité et son supplice [1587]. Sage administration d'Élisabeth, et origine de la grandeur de l'Angleterre. Puissance de sa marine; victoires navales sur Philippe II, et la flotte invincible, 1588. Fin de la maison de Tudor avec Élisabeth [1603].

§ II. — *Première époque de la révolution anglaise.*

Avénement des Stuarts. Jacques VI, roi de l'Écosse, roi de la Grande-Bretagne sous le nom de Jacques I. L'Angleterre étrangère aux affaires du continent, et tournée vers le commerce. Jacques travaille à l'accroissement du pouvoir royal. Charles Iᵉʳ. lui succède, 1625. Il épouse Henriette de France, et favorise les catholiques. Querelles entre l'autorité royale et l'autorité parlementaire. Introduction de l'épiscopat en Écosse. Le *Covenant* d'Écosse. Abrogation de l'épiscopat. Guerre contre le roi [ 1638 ]. Envahissement de l'autorité parlementaire. Elle proclame son indissolubilité. Mort de Strafford, 1641. Accession du parlement d'Angleterre au covenant d'Écosse, 3641.

§ III. — *Guerre entre le roi et le Parlement.*

Alternative de succès et de revers. Bataille d'York; Charles réduit à l'extrémité, 1644. Il se remet aux mains des Écossais, qui le vendent au parlement, 1648. Incertitudes du parlement et des Presbytériens, qui ne veulent point l'anéantissement de la royauté. Secte des indépendans, et à leur tête Olivier Cromwell. Il se rend maître de l'armée, 1647. Le parlement chassé, 1648. Charles traduit devant un tribunal composé de membres de la chambre basse, et condamné. Son exécution [30 janvier 1649]. Stupeur de l'Angleterre. Commencement de la tyrannie de Cromwell.

~~~~~~~~~~~~~~~~~~~~~~~~~~~~~~~~~~~~~~~

# CHAPITRE XXXVI.

## GUERRE DE TRENTE ANS.

§ I. — *Idée générale de la situation des principaux états qui y prirent part.*

La France dans les dernières années de Henri IV, sous la régence de Marie de Médicis et le ministère de Richelieu. Rodolphe II et Mathias en Autriche. Ferdinand II, 1619. Ses projets pour rétablir l'unité de croyance; et son alliance avec le cabinet de Madrid. Le Danemarck sous Christian IV. La Suède à l'avénement de Gustave Adolphe. Les états protestans d'Allemagne depuis la paix de religion jusqu'au commencement du 17ᵐᵉ. siècle.

§ II. — *Période palatine.*

Révolte de la Bohème contre Ferdinand II, pour cause de religion. Frédéric V, électeur palatin, en accepte la couronne. Il est abandonné de ses alliés, vaincu à

Prague [1620], dépouillé de ses états. Ferdinand II poursuit la guerre contre tous les princes protestans.

### § III. — *Période danoise.*

Christian IV embrasse la cause de la liberté germanique et du protestantisme. Bataille de Lutter [1626]. Christian conclut avec l'empereur la paix de Lubeck, 1629.

### § IV. — *Période suédoise.*

Gustave-Adolphe se met à la tête des princes protestans abandonnés par Christian, 1630. Il délivre le Mecklenbourg de l'invasion de Wallenstein. Campagnes et tactique de ce prince. Victoire de Leipsig [1631] et de Lutzen, où il périt [1632]. Les Suédois vaincus à Nordlingen, 1634, reprennent leur ascendant sous Banier et Torstenson, 1635 et suivantes.

### § V. — *Période française.*

Alliance de Richelieu avec les états-généraux de Hollande. Armées françaises dans les Pays-Bas, dans la Valteline, en Espagne, en Allemagne. Bataille de Rheinfeld gagnée sur les impériaux par le duc de Weimar [1638]. Prise de Turin et d'Arras par les Français, 1640. Mort de Richelieu, et commencement des négociations de Munster [1642]. Continuation de la guerre. Bataille de Rocroy [1643]. Bataille de Fribourg [1644]; de Nordlingen [1645]; de Lens [1648]. Supériorité des armes françaises, et de la cause protestante. Paix de Westphalie [1648]. Nouvel état politique de l'Europe. Système d'équilibre changé, etc.

### § VI. — *Revue rapide des principaux états européens.*

Décadence de l'Espagne. Abaissement de la maison d'Autriche. L'Angleterre étrangère à la politique générale de l'Europe. Prépondérance de la France. La Suède placée à la tête des états du Nord. Malheurs et troubles de la Pologne. Révolution de Bohême. Avénement de la maison de Romanow en Russie. Importance politique de l'Italie anéantie. Le Portugal libre de la domination espagnole, et commencement de la maison de Bragance. État du commerce européen.

# SIXIÈME ÉPOQUE.

Aperçu général de l'Europe, depuis la paix de Westphalie, jusqu'à la révolution française.
1648 — 1789.

## CHAPITRE XXXVII.

### RÈGNE DE LOUIS XIV.

#### § I.

Ministère de Mazarin. Le cardinal de Retz et les troubles de la Fronde [1648-53]. Continuation de la guerre avec l'Espagne. Condé à la tête des armées espagnoles. Bataille des Dunes. Traité des Pyrénées [1659]. Mariage de Louis XIV avec l'Infante Marie-Thérèse 1660. Mort de Mazarin, 1661.

#### § II.

Louis XIV gouverne par lui-même [1665]. Guerre contre l'Espagne pour le droit de dévolution, 1667. Conquêtes en Flandre. La Franche-Comté envahie. Triple alliance de la Haye. Traité d'Aix-la-Chapelle [15 avril 1668].

#### § III.

Guerre de Hollande [1672]. Rapide conquête des Provinces-Unies. Les Hollandais sauvent leur pays en l'inondant. Grande alliance de l'empire, de l'Espagne etc., contre la France. Franche-Comté encore une fois conquise. Bataille de Senef. Mort de Turenne [1675]. Nouveaux succès des armes françaises. Paix de Nimègue [1678]. Louis XIV, arbitre de l'Europe. Troubles des réunions. Chambres de Metz et de Brissac. Louvois maître de Strasbourg, 1681. Nouvelle rupture arrêtée dans son principe par la trêve de Ratisbonne, 1684.

#### § IV.

Révocation de l'édit de Nantes [1685]. Ligue d'Ausgbourg, et nouvelle guerre de l'Europe contre Louis XIV, 1689. Luxembourg, vainqueur à Fleurus [1690], Steinkerque [1692], Nerwinden [1693]. Catinat, vainqueur à Staffarde [1690], à Marsaglia [1693]. Gloire et succès de la marine française. Paix de Ryswick [1698].

§ V.

Guerre de la succession. Deux traités de partage consécutifs pour l'héritage de la couronne d'Espagne. Second testament du roi Charles II, et sa mort, 1700. Philippe d'Anjou, petit fils de Louis XIV, roi d'Espagne. Alliance de la Haye contre la France, 1701. Eugène et Marlborough. Journées de Hochstet et de Ramillies, fatales à la France [1704-1706]. D'Almanza plus heureuse en Espagne [1707]. Quelques succès de Villars et de Vendôme. Bataille de Malplaquet [1709]. Louis XIV humilié : on lui refuse la paix. Victoire de Villa-Viciosa qui donne l'Espagne à Philippe d'Anjou [1710]. Victoire de Denain qui sauve la France [1712]. Paix d'Utrecht [1713], et de Rastadt [1714]. Mort de Louis XIV, 1715.

§ VI.

Tableau de l'administration intérieure de ce prince. Établissemens utiles, commerce, industrie, lettres et arts, etc. Dépenses énormes de la guerre, compensées par l'agrandissement de la France. Louis XIV s'accuse, en mourant, de la manie de la guerre et des conquêtes. De l'état où il laissa la France, etc., etc. Quelques mots des querelles religieuses.

CHAPITRE XXXVIII,

Coup d'œil sur l'Europe durant le règne de Louis XIV en France.

§ I. — *Angleterre.*

Cromwell. Acte de gouvernement qui lui défère le commandement de la république, avec le titre de protecteur. Acte de navigation [1651]. Guerre contre la Hollande; l'amiral Blake. Paix de Westminster [1654]. La Jamaïque prise sur les Espagnols, 1655. Dunkerque 1658. Mort du protecteur [1658]. Hésitation du parti républicain. Monck. Rappel des Stuarts [1660]. Charles II. Idée de son gouvernement. Guerre avec la France (chap. précéd.) Troubles intérieurs. Jacques II [1685]. Supplice de Montmouth. Jefferies. Règne violent. Seconde révolution anglaise [1688]. Guillaume III et Marie II. Acte de déclaration des droits, 1689. Acte de succession en faveur de la maison de Hanovre [1701]. La reine Anne [1702]. Règne glorieux et victoires sur la France. Sa mort, et avénement de Georges Ier. électeur de Hanovre [1714].

§ II. — *Provinces-Unies.*

Leur état florissant après la paix de Westphalie. Guerres avec l'Angleterre. Tromp et Ruyter. Suppression du stathoudérat [1667]. Jean de Witt-grand, pensionnaire , massacré; et le stathoudérat rétabli, 1672. Guillaume III. Traité de la Barrière [1715].

### § III. — *Suède.*

Abdication de Christine, fille de Gustave-Adolphe, 1654. Charles Gustave; ses victoires en Pologne, 1656. Guerre générale du nord. Ligue contre la Suède. Mort prématurée de Charles. Paix de Copenhague [1660]. Alliance de la Suède avec Louis XIV. Révolution dans le gouvernement. Introduction du pouvoir absolu par Charles XI, 1680. Charles XII, 1697. Alliance d'Auguste, roi de Pologne, avec la Russie et le Danemarck contre la Suède. Victoires de de Charles XII. Stanislas Leczinzki, roi de Pologne [1703]. Revers du roi de Suède; sa mort [1718]. Danemarck. Révolution de 1660. Pouvoir absolu. Guerres avec la Suède.

### § IV. — *Russie.*

Guerres avec la Pologne. Supériorité des armes russes. Avénement de Pierre-le-Grand, 1689. Ses voyages et ses efforts pour civiliser son empire. Guerre de Suède. Bataille de la Narwa, 1700. De Pultawa [1709]. Guerre de Turquie. Campagne du Pruth, 1711. Pierre prend le titre d'empereur, et règle la succession. Sa mort, 1725.

### § V. — *Pologne.*

Anarchie sous le règne de Jean Casimir. La guerre de Russie vient y ajouter ses désastres. Guerre contre les Turcs. Victoire de Choczim. Élection de Jean Sobieski [1673]. Son règne glorieux ne peut réparer la faiblesse de la Pologne. Auguste II, 1697 et suivantes.

### § VI. — *L'Empire.*

Création d'un neuvième électorat en faveur de la maison de Hanovre, 1692. Affaiblissement de l'électorat de Saxe par la royauté de Pologne. Érection du duché de Prusse en royaume [1781]. La maison d'Autriche prépondérante en Italie. Royauté de la maison de Savoie, fief de l'empire, 1713.

### § VII. — *Hongrie et Turquie.*

Hongrois mécontens de l'empereur Léopold Ier. Conquêtes des Turcs arrêtées par la bataille de Saint-Gothard, 1664. Trève de Temeswar avantageuse aux Turcs. Nouveaux troubles de Hongrie; guerre civile, appuyée par les Turcs contre l'empereur. Siége de Vienne [1683]. Défaite des Turcs. Prise de Bude par les impériaux 1686. Bataille de Salankémen, 1691. De Zentha, 1697. Paix de

Carlowitz [1699]. Nouvelle révolte de Hongrie, sous François Rakoczy [1733].
Pacification de Szathmar , 1711. Guerre des Turcs contre les Vénitiens , 1645-
1669. Autre guerre , 1714. Alliance de Venise avec l'empereur. Victoires de
Peterwaradin et de Belgrade [1719-17], remportées par le prince Eugène. Paix
de Passarowitz, 1718. Affaiblissement de l'empire turc.

## CHAPITRE XXXIX.

Politique européenne, guerre, négociations, etc., au XVIIIᵉ. siècle.

### § I — Guerres de la succession d'Espagne.

Invasion de la Sardaigne et de la Sicile par les Espagnols , 1717-18. Quadru-
ple alliance. L'Espagne refuse d'y accéder. Les Français en Catalogne , 1719
Congrès de Cambray , 1721. Rupture de ce congrès. Paix de Vienne , négociée
par Ripperda entre l'Espagne et l'empire [1725]. Alliance défeusive contre la
France. Alliance du Hanovre entre la France et l'Angleterre. L'Europe partagée
entre ces deux alliances. Commencement de guerre. Médiation du pape. Pré-
liminaires de Paris [1727]. Congrès de Soissons [1728]. Paix de Séville [1729].
Traité de Vienne [1731]. Élection de Pologne , 1733. Guerre de la France et
de l'Empire. Campagnes d'Italie , glorieuses aux armées françaises et espagnoles,
1734,35. L'impératrice Anne de Russie secourt l'empereur. Négociations et
paix de Vienne [1738].

### § II. — Guerre de la succession d'Autriche.

Pragmatique sanction autrichienne. Prétendans à la succession. La France ap-
puie l'électeur de Bavière , avec la Prusse , la Pologne , la Sardaigne , l'Espagne
et les deux Siciles [1741]. Guerre déclarée. Invasion de la Silésie par Frédéric II.
Médiation de l'Angleterre entre la Prusse et Marie-Thérèse. Paix de Berlin [1742].
Traité de Turin. Armée pragmatique du roi Georges. Bataille de Dettingen, 1743.
Traité de Worms. Marie-Thérèse victorieuse. Déclaration de guerre de la
France contre Marie-Thérèse et Georges II. Union de Francfort, 1744. Invasion de la Bohème par Frédéric II. Mort de Charles VII. Paix de Fuessen [1745].
Continuation de la guerre. Victoire d'Hohenfriedberg gagnée par le roi de Prusse;
de Kesseldorf. Paix de Dresde. La France toujours en guerre. Batailles de Fonte-
noy et de Raucoux [1745 et 46]. Nouvel ennemi à l'Angleterre dans la personne
de Charles Édouard prétendant. Bataille de Culloden [1746]. Campagne d'Italie.
Révolution de Gênes favorable aux Français [1747]. Invasion de Hollande , et

nouveau rétablissement du stathoudérat contre les armées françaises [1747], Bataille de Lawfeld, et prise de Berg-op-Zoom. Paix d'Aix-la-Chapelle [1748].

### § III. — *Guerre de sept ans.*

Différens laissés indécis par la paix d'Aix-la-Chapelle. Rupture de la France et de l'Angleterre. Guerre déclarée. Alliance de l'Angleterre avec la Prusse, de la France avec l'Autriche, 1757. Accession de la Russie et de la Suède à la ligue *antiprussienne.* Bataille d'Hastenbeck, 1757; de Pirna, 1756; de Prague et de Lowositz, 1757; de Kollin, de Rosback, 1757, de Zorndorf, de Bergen et de Minden, 1759; de Francfort-sur-l'Oder, 1759; de Clostercamp, 1760; de Liegnitz et de Torgau, 1760; de Willinghausen, 1761; de Grebenstein, 1662, de Freyberg, 1762. Mort d'Élisabeth de Russie. Avénement de Pierre III. Paix de Saint-Pétersbourg avec la Prusse [1762]. Paix de Hambourg avec la Suède [1762]; de Paris avec la France [1763]; de Hubertsbourg avec l'impératrice reine [1763]. La monarchie prussienne élevée par Frédéric II, dit le Grand. Son importance politique agrandie. Guerre avec l'Autriche pour la succession de Bavière [1778-à 1779].

## CHAPITRE XL.

Suite du précédent. Tableau du reste de l'Europe, guerres maritimes, commerce, etc.

### § I. — *Russie.*

Avénement d'Anne Iwanowna, 1730. Le maréchal Münich envoyé contre les Turcs, 1736. Bataille de Choczim [1739]. Paix de Belgrade. Mariage d'Anne de Mecklenbourg avec le duc Antoine Ulric de Brunswick Bevern. Mort de l'impératrice, 1748. Régence d'Anne de Mecklenbourg. Exil d'Ernest de Biren. Guerre de Suède, 1741. Élisabeth, fille de Pierre-le-Grand, détrône le jeune Iwan et sa mère Anne. Campagne de 1742 contre la Suède. Paix d'Abo, 1743. Part de la Russie à la guerre de sept ans. Mort d'Élisabeth, 1762. Détrônement de Pierre III, son fils, par Catherine II, dite la Grande, son épouse. Révolution de Courlande. Alliance avec le Danemarck, 1765. Guerre de Turquie [1768], terminée par la paix de Kaynardgi, 1771. Réduction des Cosaques Zaporogues, 1775. Troubles de la Crimée, 1778. Différends avec la Turquie. La Crimée attachée à l'empire Russe [1784]. Guerre avec la Suède et la Turquie [1787], terminée par les traités de Werelä et de Yassy, 1790-92. Puissance de la Russie sous l'administration de Catherine II.

### § II. — *Suède.*

Révolution de 1718. Nouvelle constitution de l'état. Diète orageuse de 1738. Faction des chapeaux et des bonnets. Révolution de 1772, par Gustave III,

## § III. — *Pologne.*

Élection turbulente de Stanislas Poniatowski, 1766. Troubles des dissidens.
Traité de partage entre l'impératrice de Russie, l'empereur Joseph, et
Frédéric II [1772]. Premier démembrement de la Pologne. Diète de 1788, et
nouvelle constitution. Second partage, 1792, accompli en 1795.

## § IV. — *Turquie.*

Ses diverses guerres avec la Russie, l'empire, la Perse. Thamas Kouli-Khan.
ou Sha-Nadir [1732]. Ses conquêtes sur les Turcs.

## § V. *Coup d'œil sur les états d'un ordre inférieur.*

Hollande et sa guerre contre l'empire, 1784. Danemarck allié de la Russie ;
Sardaigne ; deux Siciles et leur pragmatique [1759]. Gênes, et conquête de la
Corse par les Français, 1768. Reste de l'Italie. Portugal, sous l'administration
du marquis de Pombal. Expulsion des Jésuites, 1762. Système de neutralité de
la Suisse, etc., etc.

## § VI. — *Guerres maritimes.*

Première guerre entre la France et l'Espagne contre l'Angleterre, mêlée à
la guerre de la succession d'Autriche. Guerre de 1754 entre l'Angleterre et
la France pour les limites de l'Acadie. Supériorité de l'Angleterre. Conquête
de la plupart des colonies Françaises, 1756-1761. L'Espagne associée à la
France par le pacte de famille, 1761 ; le Portugal à l'Angleterre. Conquête de
la Havane, des Philippines, et autres possessions espagnoles par les Anglais,
1762. Restitutions par le traité de Paris [1763] ; mais cession partielle à la
Grande-Bretagne des établissemens espagnols et français. Grandeur et puissance maritime et commerciale de l'Angleterre. Ses conquêtes aux Indes et
fondation de l'empire britannique à Calcutta.

Guerre d'Amérique. Premiers troubles des États-Unis [1765.] Acte déclara-
toire. Impôt sur le thé, 1767 et 1770. Insurrection de Boston, et actes coërcitifs,
1774. Congrès de Philadeplhie. Derniers efforts pacifiques des colons des États-
Unis. Hostilités [1775]. Déclaration d'indépendance [1776]. Alliance de la
France avec l'Amérique [1778]. Déclaration de guerre de la France, de l'Espagne, et de la Hollande à l'Angleterre [1779-1780]. Combats maritimes : conquêtes, gloire de la marine française. Traités de Versailles et de Paris [1783-
1784]. Indépendance de l'Amérique reconnue par l'Angleterre.

État général de l'Europe.

FIN DU TABLEAU SOMMAIRE DE L'HISTOIRE GÉNÉRALE.

www.ingramcontent.com/pod-product-compliance
Lightning Source LLC
Chambersburg PA
CBHW061655180626
46818CB00003B/1116